KB230583

완벽보다
완결

일러두기

🎋 책 속 메모는 저자가 과거에 기록한 원문을 그대로 실은 것입니다. 당시의 기록을 있는 그대로
보존하기 위해 표준 맞춤법과 띄어쓰기를 따르지 않은 부분이 있으니 양해 부탁드립니다.

🎋 책에 수록된 사진은 저자가 직접 촬영한 것으로, 별도 표기가 없는 한 저작권은 저자에게 있습니다.

🎋 이 책을 읽는 시간이 조금 더 특별해지길 바라는 마음으로 플레이 리스트를 준비했습니다.
페이지 상단의 번호에 맞는 영상을 틀어 두고 천천히 읽어 주세요.

완벽보다 완결

흔들리는 삶을
촘촘하게 수놓은
빛나는 완성 일지

문예진 지음

서 사 원

Date   .   .   .

Prologue - 나를 살게 한
다정함에 대하여

손끝으로 무언가를 만들고, 카메라 너머로 세상을 응시할 때 나는 주체적으로 살고 있다고 느낀다. 지금 이 순간에 온전히 머물고 있다는 강렬한 감각이 몸을 관통한다. 찰나의 순간을 뷰파인더에 옮겨 담을 때마다 설레는 아이의 얼굴이 된다.

어린 시절, 일을 하러 나가신 부모님을 기다리던 긴 하루는 이모네 가족들의 온기로 쓸쓸하지 않았다. 이모부는 제 몸과 같이 소중한 카메라를 들어 나와 동생을 촬영했고, 텔레비전에 카메라를 연결해 큰 화면으로 찍은 것들을 보여 주었다. 나는 그 시간이 참 좋았다. 화면 속의 사진을 볼 때마다 내가 생각보다 다채로운 표정을 짓는다는 것을 깨달았다.

이모부는 내게 카메라를 빌려주었다. 받아 든 카메라는 묵직했고, 셔터는 느리면서도 고요한 울림을 갖고 있었다. 이모부를 향해 카메라를 들고 찰칵, 사진을 찍었다. 밝은 빛을 내며 나타난 뷰파인더에는 하루 종일 나와 동생들을 찍어 주느라 어느 장면에도 담기지 않았던 이모부의 얼굴이 선명하게 드러났다.

이모부는 무엇이든 만들어 내는 마술사였다. 어린 나를 위해 펜과 종이를 가져와 흰 도화지에 상상 속의 세계를 펼쳐 놓았다. 내 마음에 그림과 사진이라는 씨앗을 심어 주었다. 덕분에 학창 시절 내내, 장래 희망을 적는 칸에 나는 화가와 사진가를 적었다.

성인이 되고 돈을 벌자 제일 먼저 카메라와 렌즈를 샀다. 이모부에게 그동안 찍어 온 사진을 보여 주며 자랑했다. 당신이 내 삶에 심어 준 씨앗이 이렇게 잘 자라고 있다는 것을 알리고 싶었다.

카메라 장비가 많아질수록 사진 찍는 실력도 늘었다. 이모부는 "이제 네가 나보다 낫다."며 자신을 멋있게 한번 찍어 보라고 팔짱을 낀 채 미소를 지었다. 웃음과 함께 주름이 깊어졌다. 셔터를 누르기 전, 나는 호흡을 잠시 멈추고 이모부의 얼굴을 가만히 마주했다. 그 찰나의 순간은 어떤 언어보다 깊은 대화의 순간이었음을, 나는 기억한다.

그는 불현듯 찾아온 뇌종양으로 좋아하는 것들을 내려놓고 오래 병상에 누워 있었다. 어느 날 창밖을 보며

바다에 가고 싶다고 말한 뒤 꽃처럼 화사하게 웃으며

떠났다.

이모부의 꿈을 유산처럼 물려받아 내 삶의 중심에

심었다. 새싹이 시들지 않도록 오랫동안 보살피는 것에

마음을 다했다. 마침내 꽃과 열매를 맺었고, 이제 그 결실을

주변에 나눠 주는 사람이 되었다. 나만의 시선으로 세상을

바라보고, 고유한 삶의 궤적을 만들고, 내면과 바깥의

풍경이 어긋나지 않게 하는 법을 배웠다.

어떤 다정함은 삶의 경계를 넓혀 주고, 어떤 이야기는

삶을 지속할 원동력이 되어 준다. 수많은 마음에 빚을 진 채

살아온 시간. 이제부터는 나답게 존재할 수 있도록 도와준

그 무수한 찰나와 사람들에 대하여, 마음의 뷰파인더에

맺힌 빛나는 필름을 하나씩 꺼내어 보려 한다.

문예진

차례

Date   .   .   .

chapter 1. 서문

Date   .   .   .

#1

나만의 브랜드 만들기.

언젠가 이루고 싶은 꿈이었다. 어디에서부터 발을
담가야 할까 궁리하다가 페이스북으로 주문을 받고
초상화를 그려 주기 시작했다. 조개 캐릭터를 그려서
액세서리로 만들거나 직접 찍은 사진으로 엽서, 포스터,
스티커 등을 만들어 팔기도 했다. 마음 맞는 사람들과
오리엔탈 콘셉트의 브랜드를 론칭하자며 머리도 맞대었다.
하지만 서로 생각하는 방향이 달라 한 줌의 모래성처럼
무너지기도 했다. 브랜드를 오픈하기 불과 며칠 전
일이었다.

시도했던 일들이 전부 실패로 돌아가도 실망하지
않았다. 내게는 실패보다 시도가, 계획보다 행동이
먼저였다.

가벼운 시도에는 실패가 뒤따라온다지만 사실 반만
맞는 말이다. 하나씩 꼬인 과정을 풀어 나가다 보면 내가
무슨 일을 할 수 있는지, 어디까지 할 수 있는지,

이 복잡하고 귀찮은 일을 껴안고 가는 이유가 무엇인지
답을 알 수 있었다. 그것은 계획만으로 얻어지는 것이
아니었다. 어디에서 튀어 오를지 모를 문제들을 온몸으로
부딪혔을 때 얻는 나만의 답안지였다.

#2

나는 자주 실패했다.

동업자와 했던 캐릭터 사업도,

초상화를 그려 주며 돈을 벌던 일도,

중국에서 들여온 물건을 팔던 소품 가게도,

모두 오래 버티지 못했다.

그런데도 무언가를 만드는 건

끝없이 바뀌는 관심사,

바로바로 전달되는 사람들의 반응,

그 관심을 먹고 자란 성취감과

더 잘 해내고 싶은 마음이 컸기 때문이다.

"어? 이게 되네?"

이때부터 나의 일이 시작된다.

무엇이든 할 수 있을 거라는 자신감과 약간의 무지함.

무리하지 않는 선에서 쏟아붓는 노력과 체력.

가장 중요한 건 너무 많은 기대를 하지 않는 연습.

경험을 자주 해야 실패의 요인들을
되짚어보고 반복되지 않도록 연습하는
시간도 늘어난다.
그러면 어느덧 자연스레 실패에 대한
자신만의 철학이 생기고 그 속에서
경직되지 않고 유연하게 움직이는
법을 터득하게 된다.

(1) 어떤 높은 목표를 이루기 전까지
    영원히 서툴지 않는다는 것을
    깨달았다.

(2) 너무 많은 기대를 하지 않는
    연습.

#3

또다시 무언가를 해 보겠다며 회사에 사직서를 내고 부모님 댁에 내려왔다. 며칠째 계획 없이 빈둥거리며 시간을 보내던 어느 오후, 햇살이 거실 창으로 넉넉하게 들어왔다. 소파에 누워 낮잠을 자려고 이리저리 자세를 바꾸는데 살랑이는 바람에 커튼이 흔들렸다. 그때 스르륵 감기던 눈을 번쩍 떴다. 바람처럼 자연스럽게 움직이는 사진을 만들어 보면 어떨까.

곧장 핸드폰을 열어 그동안 찍었던 사진을 훑어보았다. 매일 습관처럼 찍던 윤슬 사진이 눈에 들어왔다. 윤슬을 품은 물결이 하늘하늘 흔들리는 가벼운 원단과 만난다면? 움직이는 사진인 동시에 인테리어 소품으로도 쓸 수 있다면?

패브릭 포스터, 이거다!

계시와 같은 직감이 뇌리에 박혔다. 진한 커피를 연달아 마신 듯 심장이 빠르게 두근거렸다. 황급히 서울로 출발했다. 브랜드를 만들겠다는 꿈을 안고 도전한 적은 많았지만, 이렇게 명확한 답이 나온 경우는 처음이었다.

추진력이 순풍을 만난 듯 분주히 움직였다. 얼떨결에 도메인을 구매하고 판매 사이트도 만들었다. 집이 생겼으니 그곳에 맞는 브랜드 이름을 지었다.

'Oth,'

Oth,는 'other'의 줄임말이다. 이름에 큰 의미는 없었다. 한창 만들던 패브릭 포스터가 커튼 이외에도 쓰이길 바라는 마음이었다. (지금은 브랜드 이름을 고민 없이 지은 것에 후회하고 있다.)

샘플 제작 기간은 일주일 정도였다. 하지만 체감상으로는 일 년이 걸린 듯했다. 상품이 나오자마자 인테리어 플랫폼에 업로드했다.

반응은 폭발적이었다. 자고 일어나면 판매 문의 메시지가 백 개 이상 쌓여 있었다. '이렇게나 많은 관심을 받아도 되는 제품일까' 의아한 마음이 들었다. 곰곰이 생각해 보면 패브릭 포스터는 당시 소품 시장에서 볼 수 없던 상품이었다.

보기만 해도 가슴이 뻥 뚫리는 한강의 윤슬이나

스위스의 짙은 녹음이 인쇄된 원단은 유행하고 있던 화이트 인테리어에 포인트가 되는 장점도 있었다. 패브릭 포스터를 보고 있노라면 강가에 서 있는 것 같았고, 여행을 간 것 같은 착각이 들었다. 코로나로 외출이 자유롭지 않던 시기, '답답한 일상의 작은 환기'라는 기획은 많은 사람의 마음을 흔들었다.

패브릭 포스터 외에 다른 콘텐츠도 주목을 받았다. 일주일에 한 번씩 올렸던 유튜브 영상이 알고리즘을 타더니 구독자 수가 껑충 올랐다. 덕분에 'Oth,'와 패브릭 포스터를 자연스럽게 홍보할 수 있었다.

이 모든 건 행운이었을까. 아니면 내가 들인 노력의 답이었을까.

#4

10초.

패브릭 포스터를 판매하던 첫날, 한 달 동안 준비했던 수량이 십 초 만에 품절되었다. 세상이 빙글빙글 돌았다. 내가 만든 상품이 이렇게나 사랑받을 수 있다니. 흥분감이 온몸 깊숙이 스며들었다. 종일토록 공복이었지만 배가 부르다 못해 터질 것 같았다.

#5

한강 패브릭 포스터는 빠른 품절로 입소문을 탔고,
Oth,의 대표 상품이 되었다. 제작이 지연되고 주문은 물밀듯
밀려왔다. 판매를 시작한 지 여섯 달이 지나도록 공급량을
맞추기가 어려웠다. 나는 구조 신호를 보냈다. 당시 남자
친구였던 '진호'와 전 직장에서 인연을 맺은 '성욱'을
불렀다. 마침 성욱 님은 퇴사를 한 상태여서 Oth,의 정규
팀원으로 영입할 수 있었다.

우리 세 명은 아르바이트생들과 함께 날이 새도록
물건을 포장했다. 무려 한 해 넘게 이어졌다. 브랜드를
막 시작했을 때는 택배사 계약도 애를 먹었다. 그런데
달마다 보내야 하는 물량이 늘어나니 작업실 문 앞에는
택배 기사님의 명함이 쌓여 갔다. 쌓이는 명함만큼 조금씩
성공을 실감할 수 있었다.

"잘하고 있어. 너는 리듬 파도을 타고 있는 거야.
그 파도는 단 한 명만 탈 수 있는 거지.
그러니까 넌 그걸 이끌고 가."

어느 베른에서 만난 안나형이 내게 해주신 약염.

#6

사람들은 나의 성공이 치밀하게 준비된 결과라고
말한다.

그러나 나는
장래 희망도,
명확한 목표도,
취향도,
취미도 없는,
무색무취의 사람이었다.

그것이 진짜 나다.

#7

사람들이 내가 만든 제품을 찾아 주면 기쁘겠지.

분명 행복할 거야.

탑차에 물건이 실리는 것을 지켜보았다. 힘들게 실은

박스가 기우뚱 넘어지려 하면 "어, 어!"하는 추임새도

곁들이면서. 이른 아침부터 준비했던 상품을 차에 실었다.

저녁노을도 뿌듯해하며 서서히 건물 사이로 숨는 듯했다.

돌아서서 사무실로 들어가려는 찰나, 내 품을 떠나

사람들에게 도착할 제품을 생각하니 등골이 서늘해졌다.

몸이 떨려 왔다. 살면서 처음 느껴 본 기분이었다.

눈치채지 못하게

그림자를 가만가만 밟아 오던 불안이

차가운 시멘트 바닥에서 떨어져 나와

내 발뒤꿈치를 깨물었다.

#8

브랜드가 성장하자 큰 업체로부터 협업 제안이 왔다.

작은 브랜드의 어눌한 모습을 탈피하고 새로운 것을

선보일 기회라고 생각했다. 나는 제안받은 일을 일사천리,

호기롭게 승낙했다. 하지만 패착이었다. 기존과 비교되지

않을 정도로 많은 업무가 쏟아졌다. 끝내는 능력과 경험

부족으로 인해 협업이 성사되지 못했다.

　늘어나는 실패와 회수되지 않는 자본금. 그것은 무거운

추가 되어 발목에 매달렸다. 바다 한가운데에서 튜브 하나

없이 매일 허우적거리는 손과 발을 느꼈다. 브랜드의

대표로서 매출이 떨어지지 않게 관리하며 팀원들의

역량을 끌어올리고 합을 맞출 수 있도록 몰두해야 했다.

하지만 역부족이었다. 대표로서 자질이 부족하다는 사실을

받아들여야 했지만 쉽지 않았다. 심연을 들여다보는 어두운

시간이 늘어났고, 나는 점점 고립되어 갔다.

　브랜드를 운영한 이후로 가장 크게 준비했던 팝업이

종료되었다. 성욱 님과의 계약 기간도 끝이 났다. 0th,는

나와 함께 잠정적으로 긴 공백기에 들어갔다. 몸의 여유는

찾았으나 마음 한편에 구멍이 뚫렸다. 이런 상태로
살아서는 안 된다고 몸과 머리가 소리쳤다. 재정비가
필요했다.

#9

브랜드의 성공은 역설적으로 나의 빈틈을 마주하는
시간이 되었다. 0th,를 향해 높아진 기대를 충족시키기 위해
매력적인 상품을 만들려고 여러 차례 시도했다. 하지만
매번 그 기준을 능가하지 못하고 샘플 단계에서 멈추기를
반복했다. 한강 패브릭 포스터를 능가할 제품이 필요했다.
그런 제품을 만들기 전까지는 신제품을 출시하지 않겠다고
다짐했다.

#10

어느 날은 이런 내가 싫어서, 또 다른 날은 멍청하고 어리석은 나에게 화가 나서, 모든 것을 혼자 감당해야 하는 게 외로워서 눈물을 훔쳤다. 좋아하는 일을 하고 있는 것처럼 보였지만, 동시에 나의 일이 아닌 것처럼 느껴졌다. 사람들이 물건을 받아 보고 실망할 수 있다는 생각에 숨이 막혀 왔다. 매일 밤 지하 밑에 또 다른 지하가 있음을 마주했다. 아침에 눈을 뜨는 게 두려워졌다.

사람들 말에 휘둘리고, 듣지 않겠다고 귀를 막으면서도 자꾸만 팔랑거리는 귀. 그 때문에 너무 많은 프로젝트를 만들고 계약을 했다. 내가 뛸 수 있는 속도와 할 수 있는 일의 범위를 가늠하지 못했다. 일이 잘되고 많아질수록 일을 나눠야 했지만, 나는 자존심과 책임감 빼면 빈털터리인 '사장'이었다. 내 일을 팀원에게 나눠 주는 것은 모양 빠지는 일이라고 생각했다.

일을 너무 많이 하다 보니 늘 피곤했고, 예민해졌다. 쉽게 감정에 휘둘려 기분이 태도가 되는 실수를 자주 저지를 만큼. 팀원들의 의견을 절충하는 방식도 미흡했다.

누군가 다른 견해를 보이면 전쟁을 알리는 선전포고처럼
받아들였다. 적대심도 커졌다. 평정심을 유지하려 해도
마음은 뜻대로 움직여 주지 않았다. '이런 못난 마음으로
어떻게 브랜드를 운영하나'하는 생각으로 밤을 지새웠다.

늘어만 가는 무지함에 화가 솟구쳤다. 단기간에
많은 이에게 사랑받을 수 있다는 것은 큰 행운이었지만,
준비되지 않은 상황에서 찾아온 행운은 나와 주변 사람을
지치게 했다.

결국 그 가시는 브랜드와 팀원을 찔렀다. 나와 달리
팀원들은 점점 성장하고 있는 것만 같았다. 이 브랜드가
더 이상 나만의 것이 아니라는 것을 알면서도 인정하기
싫었다. (팀원들이 있었기에 넘어져도 다시 일어서 걸을 수
있다는 것을, 그때는 몰랐다.)

예전에는 사람들에게 스트레스를 받으면 나만의
방식으로 해소했다. 그런데 스트레스를 주고받는 대상이
내가 되니 어찌할 바를 몰랐다. 며칠째 나 자신에게 화가 나
있는 모습을 지켜보던 성욱 님이 말을 건네 왔다.

"혹시 내가 잘못한 게 있으면 미안해요."

아차 싶었다. 부정적인 감정을 주변 사람에게 함부로 전하면 안 되는 건데. 그제야 큰 실수를 하고 있다는 것을 알았다.

#11

　　성욱 님은 내가 만난 사람 중 가장 어른에 가까운 사람이었다. 일하는 방식이 부족하면 포근하게 짚어 주었다. 불만이 있으면 오해가 생기지 않도록 말하되 나아갈 방향을 알려 주었다. 의견을 제시할 때는 "대표님의 의견도 좋지만 내 생각도 한번 들어줘요."라며 조심스럽게 문을 두드릴 줄 아는 사람이었다. 브랜드에서 중요한 결정을 하거나 이성적인 판단이 필요할 때면 늘 성욱 님을 찾았다.

　　그는 제안했다. 잘못된 점을 딛고 일어서야만 성장할 수 있다고, 더 이상 혼자 앓지 말고 고통을 함께 나누자고. 내가 가지지 못한 다정함에 자주 샘이 났다. 불현듯 '이 브랜드가 성욱 님의 주도로 운영된다면 어떻게 될까?'라는 생각마저 들었다. 실제로 주도권이 넘어가는 듯한 상황이 찾아올 때면 불안감과 동시에 심술이 났다. 그러다 어느 날은 차마 입 밖으로 꺼내지 못하고 꾸역꾸역 삼킨 말을 토악질처럼 쏟아냈다. 성욱 님은 결국 나와 0th,를 떠났다.

　　그가 떠나고 나서야 깨달았다. 나는 찾아온 복을 제 발로 차낼 만큼 어리석은 사람이었다는 것을.

#12

Oth,를 통해 하고 싶은 이야기가 참 많았다. 그래서 브랜드가 많은 사람에게 알려지기도 전에 다양한 제품을 연달아 출시했다. 그 과정에서 매출을 올리는 것에 급급하기도 했다.

어느 날부터 새로운 이야기를 만들어낼 수 없었다. 평범한 아이디어로 만든 제품은 싫었다. 고객의 기대치를 떨어뜨릴 만한 일은 하고 싶지 않았다. 차라리 처음부터, 아무에게도 관심받지 못했더라면 이것저것 만들며 포트폴리오라도 남겼을 텐데. 사람들의 관심이 뜨거워지니 실망을 주면 안 된다는 생각이 머릿속을 헤집어 놓고 다녔다.

나는 원래 실패가 두렵지 않은 사람이었는데, 날이 갈수록 실패가 두려워졌다. 실패하지 않으려고 노력했다. 그 시간이 길어질수록 새로운 시도 대신 '이건 아마 안 될 거야'라며 단정 짓는 시간이 늘어났다.

#13

　오랜만에 하고 싶은 것이 생겼다. 그런데 자꾸만 계산기를 두드렸다. 손실이라는 단어에 등이 켜지면 곧바로 계산기에서 손을 뗐다.

　브랜드의 행보를 지켜봐 주는 사람들이 늘어날수록 그 관심은 평가로 이어졌다. 나는 부담감과 책임감에 마음껏 제품 스토리를 만들 수 없었다. 전과 비교할 수 없을 정도로 망설이고 그만두기를 반복했다. 브랜드 스토리나 방향이 명확하지 않았던 것인데, 하고 싶은 이야기가 명확하지 않다는 말로 나의 부족한 면모를 포장했다.

　시간이 흘렀는데도 여전히 패브릭 포스터는 잘 판매되고 있으니까……. 언제 꺼질지 모르는 이 불씨에 안주한 채 나는 전처럼 쉽게 실패하지 않기 위해 새로운 시도를 하지 않기로 했다.

#14

학창 시절, 나는 태권도 선수단 단원이었다. 오후 네 시에 학교 수업을 마치면 바로 도장으로 가서 오후 아홉 시까지 훈련받는 일상을 반복했다. 올림픽 출전을 앞둔 선수처럼 고된 훈련을 군소리 없이 소화했다. 그때는 정말 선수가 될 줄 알았다. 하지만 흰띠에서 노란띠로, 노란띠에서 초록띠로 단수가 높아질수록 운동은 체력과 함께 영리함이 필요하다는 것을 배웠다.

보통의 남자아이들보다 맷집은 단단했다. 하지만 시합에서 옆차기를 날릴 것인지, 상대의 기술을 방어할 것인지 전략을 세울 머리는 부족했다. 결국 나는 도장과 시합장에서 남학생들의 대련 상대이자 무차별적으로 맞는 샌드백으로 전락했다.

경기에 출전해서 패배를 맞이하는 건 괜찮았다. 나를 더 비참하고 주눅 들게 만든 건 동메달이었다. 당시 태권도 대회 여자 부분 시합은 인원이 자주 미달되었다. 참가만 해도 메달을 딸 수 있었다. 모든 경기에 패배해도 내 목에는 기념품처럼 동메달이 걸려 있었다. 다른 친구들이 승리의 기쁨을 포효할 때, 나는 수치스러움을 끌어안고 주차장 구석에 숨어 눈물 콧물을 쏟았다. 아무것도 하지 않았는데 주어진 목걸이, 어디에서도 자랑할 수 없는 메달이 시합에서 맞은 곳보다 더 아프게 다가왔다.

이쯤이면 선수 생활을 그만둘 법도 한데, 몇 년간 더 도장을 다녔다. 나의 맷집은 생각보다 강했다. 한바탕 울고 나면 쌓여 있던 서러움을 툭툭 털어 내고 다시 일어섰다.

경기장에서 신나게 두들겨 맞고, 입시에서 떨어져 원하는 대학에 가지 못하고, 빛도 보지 못한 채 떨어져 버린 무수한 도전. 실패가 이어지면 크게 좌절할 법도 한데, 나를 옭아매는 감정은 오래가지 않았다. 그 자리에서 훌훌 털어 버렸다.

옆차기, 돌려차기, 발이라도 걸어서 이길 만큼 머리가 비상하지는 못했지만 도전을 두려워하지 않았다. 단순함은 나의 강력한 무기였다. 시합에서 얻은 패배의 쓰라림과 부끄러움을 상처로 간직하면서도 '이번에는 지난 대회와 다르지 않을까?'라는 기대를 품고 대회에 출전했다. 끝내 내가 두 명의 상대를 제치고 은메달을 차지한 비결이었다.

단순한 마음으로 도전해야 실패도 하면서 굳은살이 만들어진다. 몸에 새겨진 경험은 허공으로 흩어지지 않고 실력으로, 결과로 돌아온다.

때로는 성공하지 못할 것 같은 두려움, 복잡한 마음이 올라오면 도망갈 궁리를 찾는다. 한 번 도망치기 시작하면 두 번째부터는 쉬워진다. 도망치고 싶지 않다면 방법은 딱 하나. 피하고 싶었던 대상을 정면으로 맞닥뜨리는 수밖에 없다. 그 과정에서 긴장과 고통, 불안이 찾아온다. 하지만 허들을 넘어서는 순간, 부정적인 감정은 더 이상 걸림돌이 되지 못한다.

안타깝게도 내가 몸소 경험한 값진 사실들은 마음의 문을 걸어 잠근 뒤, 한참 후에야 간신히 떠올릴 수 있었다.

실패도 습관이 된다.
이걸 극복하기 위해서는
가능한 자주 맞닥뜨려
굳는 살을 만들어 고통에 둔감해져야 한다.

삶은 건 과정이며
삶의 형태는 그때그때
모습을 달리하기에
결을 잃지 않으려면
몸을 어떤 방식으로 이룰
것인가에 집중해야
한다.

#15

실패 1.

나의 게으름과 비겁함, 나약함을 보기 좋게 꾸며 줄 말이
필요했다. 패브릭 포스터 매출이 좋으니까, 그래도 돼.

실패 2.

한 제품이 큰 인기를 얻었다고, 머물러 있으면 브랜드는
곧 소멸한다. 그것이 브랜드의 숙명이다. 한강 패브릭
포스터처럼 한 방을 노려서는 안 된다. 그런데 자꾸 한 방을
또 노리고 싶다.

실패 3.

패브릭 포스터는 더 이상 대중에게 통할 수 없다. 다른
길을 찾으려 무작정 큰돈을 들여 씨앗 키트를 만들어
팝업도 해 보고, 출판도 해 보고, 다른 인테리어 소품도
만들었다. 전부 실패로 돌아갔다.

실패 4.

일이 잘 풀리지 않을 때 초조하고 안달이 난다면
역효과만 생길 뿐이다. 객관적인 시선으로 왜 이런 상황이
되었는지 마주해야 한다. 그런데 그냥 피하고만 싶다.

실패 5.

브랜드를 일으켜 세운 한강 패브릭 포스터의 인기는
저물기 시작했다. 더는 만들 수 있는 게 없다. 신제품
소식이 없자 관심 있게 지켜보던 고객도, 협업을 요청하던
관계자도 하나둘 떠나기 시작했다.

#16

다달이 갱신하는 매출, 상상도 해 본 적 없는 금액이
적힌 통장은 그간의 노력을 보상해 주듯 빛났다.
탄탄대로를 걷기만 하면 되었다. 그러나 모든 것은 점차
신기루처럼 소멸해 갔다. 반짝이던 아이디어는 암전이
되었다. 깜깜한 사방에 갇힌 나는 조금도 움직일 수 없었다.

사람들은 무기력하게 앉아 있는 나를 보고 '번아웃'이라고
했다. 나 또한 그렇다고 치부했다. 하지만 번아웃이
아니었다.

다음에는 뭐 하지?

목적과 의미가 사라졌다. 브랜드를 만들어 좋은 제품을
선보이고, 모두가 부러워하는 성공도 곁에 두었지만 다음
단계가 없었다. 앞으로 나아갈 수도, 뒤로 되돌아갈 수도
없었다. 방향을 상실했을 때 밀려오는 무력감과 두려움은
상상 이상으로 끔찍했다.

선생님께 핀잔받고 학우들에게 웃음거리가 되면서도

장래 희망 칸에 당당히 '백수'를 써 냈던 시절. 철없던 십대에도 목표는 있었다. 꼬박꼬박 삼시 세끼를 챙겨 먹는다는지 친구들과 많이 웃고, 좋아하는 책의 다음 시리즈를 기다리는 소소한 목표가 있는 삶. 손에 주어지는 결과물이 없어도 좋아하는 일을 함으로써 빛나던 때가 있었다. 나는 무엇을 위해 살고 있는 건지. 점점 시들어 가는 기분이었다.

　더 이상 이렇게는 살 수 없다고 느꼈을 때 나는 도망을 택했다. 결국 브랜드를 내팽개치고 떠나기로 했다.

#17

　도망가기 전, 성욱 님에게 빌려줬던 카메라를
돌려받아야 할 일이 생겼다. 이른 아침 터미널 근처
지하철역에서 만나기로 약속을 잡았다. 성욱 님은 흰색
쇼핑백을 들고 개찰구 앞에서 기다리고 있었다. 팀원으로서
헤어진 이후, 이런 식으로 다시 만나게 되니 민망했다.

　어색한 안부 인사를 감추고자 카메라를 받은 뒤 곧장
돌아서려고 했다. 정말 그러려고 했는데…… 쇼핑백에는
카메라와 함께 성욱 님이 만든 레몬딜 버터, 잼, 식빵이
가지런히 담겨 있었다. 나는 발이 묶인 듯 꼼짝할 수
없었다. 쇼핑백 안을 보며 말을 잇지 못하자 성욱 님이
수줍은 목소리로 말했다.

　"가는 길에 배고프지 말라고 요깃거리를 만들었어요.
맛있으려나 모르겠네요."

　순식간에 울컥하는 마음이 차올랐다. 눈물이 흐를 것
같아 고개를 떨구었다. 쓰고 있던 모자 속으로 눈과 얼굴을

숨겼다. 내게 묻고 싶은 게 많을 텐데, 성욱 님은 그 말을
입 밖으로 꺼내지 않고 가만히 배웅해 주었다. 풀 먹인
옷깃처럼 새하얗고 빳빳하게 잘 펴진 마음씨가 구겨져 있던
나를 다독였던 걸까.

왜 혼자 힘으로만 살아야 한다고 생각했을까. 혼자서
살 수 있다고 하더라도 잘사는 것은 결코 아닐 텐데.
처음으로 다정함을 알려 준 사람. 성욱 님은 내게 어른이자
선생님이었다.

아무도 나를 알지 못하는 곳으로 향하는 버스 안. 마음이
허기졌던 나는 쇼핑백을 꼭 끌어안았다. 그리고 그 마음에
먹칠하지 않도록 잘 살아야겠다는 다짐을 꼬깃꼬깃 접어
넣었다.

Date

chapter2. 새싹

#18

사람 한 명 보기 힘든 눈밭, 그 위로 쌓인 먹먹한 고요.
사락사락 옷에 내려앉는 눈 소리, 허연 입김을 후- 후-
내뿜는 숨소리뿐인 곳. 나는 왜 핀란드에 왔을까. 도망친
곳이 왜 이곳이어야 했을까.

몇 년 전, 생활비를 벌기 위해 공장에서 야간
아르바이트를 했다. 깊은 새벽이 되면 일을 마친 공장
직원들은 터덜터덜 낡은 셔틀버스에 올랐다. 좌석에
앉자마자 너나 할 것이 없이 깊은 잠에 들었다. 나는 어두운
버스에서 쏟아지는 잠을 쫓으려 유튜브를 켰다. 이내
알고리즘이 보여 주는 영상을 재생했다.

붉은 해가 떠오르는 설산. 시베리안 허스키들이
황소처럼 허연 콧김을 뿜으며 자유롭게 뛰어다니는
모습이 화면에 가득 찼다. 가슴이 요동쳤다. 무감각했던
일상이 잔잔한 파동을 그리다가 깊숙한 곳을 파고들어
왔다. 핸드폰 밝기를 최대한 낮추고 영상을 반복 재생했다.
'언젠가는 꼭 가야지. 그곳의 공기를 마시고, 풍경을 내 눈에
직접 담아야지.'

드디어 핀란드 최북단에 있는, 이름마저 차가운 '사리셀카'에 닿았다. 나는 영상 속 시베리안 허스키처럼 숙소 앞마당을 누볐다. 두 눈으로 핀란드의 풍경을 담고, 서늘한 공기를 마시고, 새하얀 눈을 맛보고, 피부에 닿는 차가운 촉감에 집중했다. 머릿속이 맑아졌다. 어깨에 있던 짐을 내려놓고 아무 생각도 하지 않으려 했다. 주위는 세상의 모든 소리가 차단된 듯 고요했다. 눈밭에 드러누워 하나만 생각했다.

그래서 나는 여기에 왜 왔지?

B7
B6
B8
A4
A1
B9
5
A2

#19

핀란드의 여름은 백야로 완성된다. 여름이 끝나면
겨울은 극야가 된다. 극야에는 하루에 해가 떠 있는 시간이
두 시간이 채 되지 않는다. 어떤 때는 그것마저도 흐리고
어두침침한 채 지나간다.

나흘 내내였다. 해가 사라진 하늘만 창문 밖에 걸려 있던
것이. 갑자기 분홍빛 하늘이 움텄다. 그 색을 보자마자 추운
날씨도 잊고 패딩 하나만 걸친 채 헐레벌떡 밖으로 나갔다.
강렬하게 떠오르는 태양이 내 눈을 꽉 채웠다. 이곳에 와서
처음으로 느낀 눈부심이었다.

눈이 쌓인 편백나무 뒤편으로 태양이 조금씩 모습을
드러냈다.

"와…… 예쁘다!"

떠오르는 해만으로 이토록 쉽고 간편하게 행복해진다니.
그 순간 좋아하는 일을 하며 살겠다는 꿈을 꾸던 나. 그
꿈을 이루기 위해 밤낮을 가리지 않고 일만 하던 나. 일만
하며 지내는 동안 잊고 살았던 나의 존재를 되찾는 것
같았다. 내가 누구인지, 무엇을 좋아하는지.

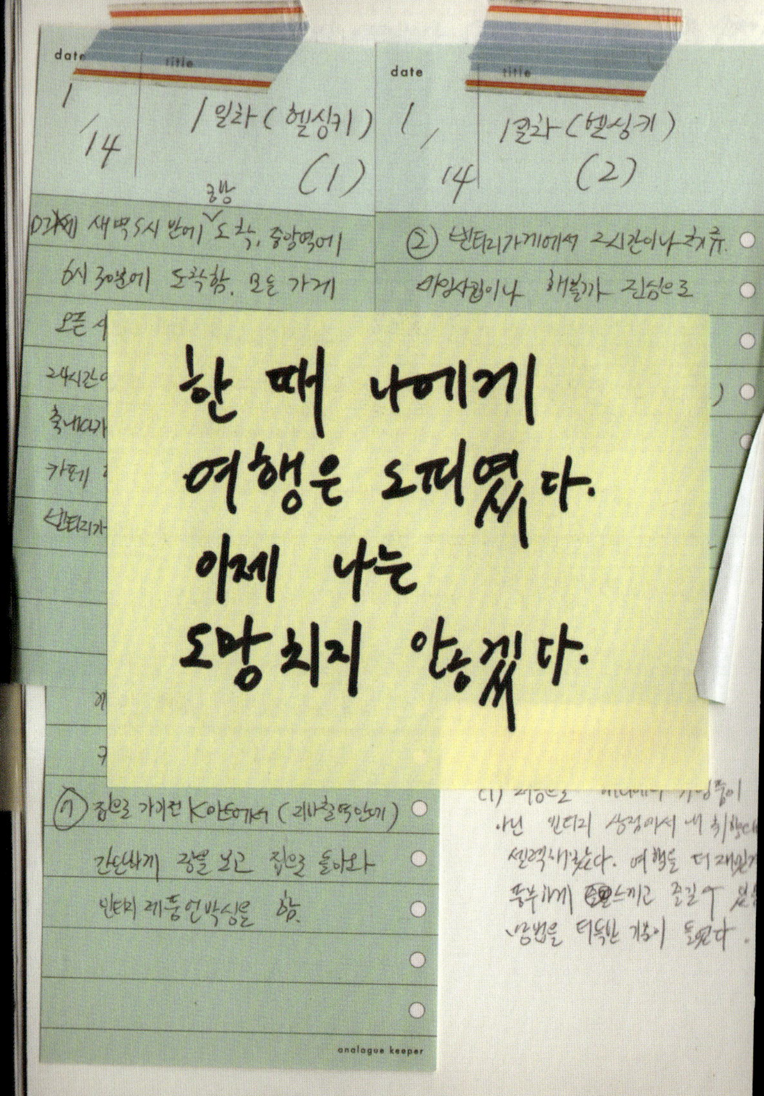
한 때 나에게
여행은 도피였다.
이제 나는
도망치지 않겠다.

SKI BUS PÄIVÄLIPPU/ALL DAY TICKET
5,00 €
(ALV 0,41)
Kukkolan Tilausliikenne Oy
Rantatie 19, 99800 IVALO
016 661 930, 0400 696 678   No. 2704

나에게 가장 아름다운게 뭐지?
죽음조차도 뛰어넘을만큼의 끌림을 느낄
정도로 말이다.

세상이 우리를 혼란스럽게 만들고, 괴롭고,
지치고, 결국엔 다 포기하고 싶게 만들어버리지라도
이겨내보자는. 악착같이 버텨내자 라는 마음이
들 정도로, 우리는 그 고통을 잊게해줄
빛이 필요하다.

좋아하는 일을 생각만 하더라도,
곁에 있는 것만으로도 숨을 쉴 수 있는
그 끌림을.

그러니까 죽고싶을 때 _______ 해.

#20

따뜻한 커피 한 잔과 블루베리를 가지런히 자른 빵 옆에
놓는다. 커피로 속을 달래고, 올리브 오일과 후추로 볶은
브로콜리로 입안의 감각을 깨운다. 시행착오를 거쳐 찾아낸
입맛에 맞는 요거트를 후식처럼 먹는다. 덕분에 매일 아침
핀란드의 식탁이 즐거워졌다. 한국에서는 몇 번이나 아침을
먹으려 시도해 보았지만 매번 흐지부지되었다. 이곳에서는
그 다짐이 아무렇지 않게 매일 이루어졌다.

일에서 한발 물러나 고립된 삶을 살게 된 대신, 규칙적인
생활 리듬을 얻었다. 의도한 것은 아니었다. 사방이 흰
눈밭뿐인지라 마땅히 할 일이 없었다. 남아도는 체력을
자연스럽게 식사 준비에 썼다. 이곳에서의 모든 행위는
오롯이 '나'를 향해 있었다.

간밤에 쌓인 눈을 치우는 일, 먼 곳까지 차를 몰아
식재료를 사는 일, 새로운 풍경을 발견하기 위해 영하
이십 도를 뚫고 밖으로 나서는 일까지. 움직이지 않으면
아무것도 이루어지지 않았다. 이 정직한 환경은 침잠해
있던 나를 수면 위로 끌어올렸다.

#21

　이곳 사람들은 자연을 누구의 소유물이 아닌, 모두가 누려야 할 권리라고 말한다. 신뢰를 돈보다 더 가치 있는 것이라 여기고, 허황된 생각은 하지 않고, 입에 올린 말은 지킨다. 작은 것을 소중히 여기며 평화롭고 잔잔한 일상을 누린다.

　행복을 전시하거나 타인과 비교하지 않는다. 스스로 개척한 삶을 살아가는 사람들. 아이와 어른 모두 내가 중심인 삶을 산다.

　나는 어떻게 살아야 할까?

　질투를 원동력 삼아 타인과 늘 비교하며 지냈던 나의 삶. 핀란드 사람들처럼 좋은 연료를 쓸 수는 없을까.

　아, 나는 또 비교만 하는구나.

　모두가 한 방향으로만 갈 수 없는 건데⋯⋯. 질투를

원동력으로 삼은 내게 그 길이 정답일 수 있는 건데.

그 순간, 삶의 기준을 어디에 두어야 하는지 분명히 알게 되었다. 내 인생의 가치는 나에게 있다.

앞으로 나의 모습을 인정하기로 했다. 타인과 경쟁하지 않으며, 나만의 속도로 길을 개척하는 것도 해 볼 셈이다. 도망쳐 온 곳에서 뜻밖의 해답을 얻었다. 갑갑했던 속도 시원해졌다. 생각이 정리되자 다시 무언가 해 볼 용기가 생겼다.

그거 알아?
밤 비행기를 타면 수많은 별과 함께
비행을 한다는 거. 아주 작고 볼록한
창 밖에는 끝이을 알수 없는 까만 도화지 같은
밤하늘이 펼쳐져 있고. 그곳엔 하얀 물감을
툭툭 털어 만든 수많은 별이 있어.
땅기에서는 별을 보기 위해 고개를 들어야
하는데 비행기에서는 고개를 옆으로 돌리면 돼.
그러면 저 별들이 나에게 인사를 건네지.
비행기 안 오든
불이 꺼지고 모두가 잠든 비행기 안에서 나는
바다와 하늘이 만들어낸 반짝이는 모든 것을
바라봤어. 그 순간만큼은 우주를 유영하는 것
같았지. 너에게도 이 장면을 보여주고 싶어
카메라를 들었지만 사진엔 온통 검은색 뿐이라,
이 순간이 담기지 않아 비통하다.

이 곳에서 나는 잘 지내.
아무것도 일어나지 않는 지극히 평범하고,
규칙적인 날들을 보내고 있어. 그러다가
내가 이 곳에 있다는게 현실인지 꿈인지
헷갈려 어리둥절할 때도 있어.
내 스스로 선택한 고립된 여정을 무사히
마치고 돌아가는 그 날까지 자주 편지를 쓸게.

다정하게, 때로는 애틋하게 지난날의 안부소
물어볼게 네가 있는 곳으로부터 약 13.3/5km
떨어진 최북단에 위치한 작은 마을에서
그곳에 두고 온 모든 것들을 홀로 그리워하며.

서울에 두고 온 너에게
핀란드에 있는 내가-

#22

‘사리셀카’는 핀란드의 수도인 ‘헬싱키’에서 비행기로 두 시간, 차로 여덟 시간을 더 가야 한다. 대중교통도 없고 인적도 드문 작은 마을이지만, 풍경 사진과 핀란드식 전통 집, 생활 방식을 체험할 수 있다는 에어비앤비 호스트 글에 넘어가 무작정 숙소를 예약했다.

호스트의 말처럼 숙소는 거의 모든 것이 재래식이었다. (전기, 인덕션, 냉장고 정도만 있었다.) 욕실(사우나)과 화장실은 집 밖에 있었다. 씻으려면 양동이에 물을 받아 사우나실로 옮겨야 했다. 처음에는 주방에서 열심히 물을 퍼다 날랐지만, 나중에는 물을 나르는 것이 귀찮아 마당에 있는 눈을 퍼다 쓰기도 했다.

장작을 몇 개 던져 넣고 성냥으로 불을 붙여 물을 끓였다. 사우나실이 건조하면 금방 불이 붙었지만, 습하면 한 시간 동안 쪼그려 앉은 채 불을 붙여야 했다. 겨우 붙인 불은 사우나를 끝낼 때까지 꺼지지 않도록 수시로 장작을 넣어야 했다.

그러나 불편함도 잠시, 며칠을 지내다 보니 아주 작은

자갈처럼 단단한 성취감이 호주머니 속으로 데굴데굴
굴러들어 왔다.

뜨거운 물로 씻고 수건을 몸에 둘둘 만 채 사우나실에서
나와 집으로 가는 그 짧은 시간. 따뜻한 몸을 식혀 주는
찬 바람의 서늘함이 참 좋았다. 주위에 내려앉은 어둠도,
고요함도 무섭지 않았다. 몸만 있다면, 움직일 여력만
있다면 뭐든 다 해낼 수 있을 것 같았다. 느리고 조용한
시간이 반복되었다. 폭풍우 같은 경쟁도, 가시 같은 비교도
없는 시간이.

#23

외부와의 연결을 끊고 지내며 바쁘게 몰아세우던 나를
멈춰 세우니, 흐트러졌던 생체리듬이 제자리를 찾았다.
내 목소리에 귀 기울이며 자신을 보살피는 시간을 가졌다.
바쁘다는 핑계로 끼니를 거르고, 좋지 않은 것들로 몸을
망치고 있었다는 사실을 깨달았다.

남들이 성공이라고 말하던 것을 이루어 냈을 때, 그것은
내가 진정으로 바라던 것이었을까? 돈으로 인해 무엇이
그리 기뻤던 것일까. 내 삶을 갉아먹고 있었던 것인지도
모르는 채로. 돌이켜 보면 결국 텅 비어 있는 순간들뿐인데,
내 목표는 왜 그리 돈을 많이 버는 것이었을까?

삶의 시선을 타인에게서 나로 돌리고, 사회가 정한
속도와 모양을 넘어설 때 흰 눈밭 위에는 비로소 나만의
궤적이 생긴다. 남들의 박수 소리보다 내 안의 평온함에
귀 기울이는, 적어도 오늘 아침의 나에게 미안하지 않은
하루를 살고 싶어졌다.

돈을 좇는 삶이었다. 내가 좋아하는 일이 무엇이었는지,
어떤 일을 할 때 가슴이 떨렸는지 알아채지 못한

이유이기도 하다. 그래서 Oth,를 재정비하기 전에 선택한
것은 고립이었다. 시간이 얼마나 걸리든 그동안 수집했던
영감, 사유들을 정리하고 내 것으로 만들어 흡수시키는 데
노력을 쏟았다.

핀란드에서 돌아온 후에도 홀로 고요한 시간을 보냈다.
아무도 만나지 않고 아무것도 하지 않았다. 온몸에 힘을
빼고 수면 위로 얼굴만 내민 채 하염없이 부유하듯 지냈다.
어지럽던 내면의 목소리를 차분히 되새기고 소화할 수 있는
안전한 성을 만들었다. 방황할 때마다 길을 안내해 주고,
희미해지는 내 존재를 선명하게 만들어 주는 곳이었다.
삶의 끝이 어디인지를 정확히 그어 주는 궤적이기도 했다.

단절은 다시 나아가기 위한 시작이었다. 타인에게
성에서 나의 보낸 시간은 대단한 계획도, 성과도 없는
것처럼 보일 테지만 인생에서 가장 필요한 시기였다.

어느 날부터는 무작정 걸었다. 반려견 '도현'이를
산책시킨다는 핑계를 대면서. 그렇게 한 달이 되었을 무렵,
매일 오가던 길이 문득 낯설게 느껴졌다. 바람에 맞춰
흔들리는 나뭇잎, 비가 온 뒤 아지랑이처럼 피어오르는

잔디와 흙 내음. 익숙한 곳인데 한 번도 온 적이 없는 장소처럼 느껴졌다.

하나하나 천천히 살펴보고 어루만지며 지나갔다. 우연히 만난 한 그루의 나무도 무심코 스쳐 지나가지 않았다. 단단하게 제 몫을 하며 서 있는 나무를 대견하다는 듯 토닥였다. 거친 나무껍질과 그 생이 손바닥을 통해 내 안으로 흘러들어 왔다. 마음속 한구석에 단단히 틀어박혀 있던 욕심의 실타래를 살살 풀어 나갔다.

의무로 시작했던 도현이와의 산책은 작은 것에도 감탄할 수 있는 마음을 주었고, 새로운 세상을 마주하는 물길이 되었다. 도현이의 보폭을 따라 자주 걷고 자주 멈추었다. 발걸음에 맞춰 숨을 깊게 들이마시고 천천히 내뱉었다. 그렇게 삶의 속도를 늦추는 연습이 되었던 걸까. 나는 먼 곳으로 떠나지 않아도 하루하루 여행하듯 살 수 있는 법을 배워 갔다.

내가 스스로 정한 일.
남 탓을 하지 말자.

#24

서울역 근처에는 '도하서림'이라는 책방이 있었다.
(지금은 '블루도어북스'로 이름을 바꾸고, 한남동으로
이전했다). 원하는 날짜로 예약하면 두 시간 동안 소수의
사람과 함께 책과 그림, 음악을 즐길 수 있다. 주인장 '진우'
님의 다정한 말과 기운이 마음 깊숙이 스며들어 치유되는
공간이기도 하다.

진우 님이 만든 공간에는 순수하고 깊은 여운이 깃들어
있다. 마음이 허할 때면 닥치는 대로 물건을 사서 채웠던
나를 보듬어 주고, 앞으로 한 발짝 나아갈 힘을 주었다.

도하서림 한편에는 백 호 크기의 거대한 그림이 걸려
있었다. 고요한 바다와 함께 쾌청한 하늘이 보이다가 이내
푸른 마음을 마주할 수 있는, 진우 님의 작품이었다. 그는
꿈을 놓지 않는 사람이었고, 나는 내심 부러워하고 있었다.
그의 작품을 집에 걸어 놓으면 내가 꿈꾸던 삶에 닿을 수
있을 것 같았다.

"이 그림, 제가 살게요."

　나의 제안에 진우 님은 망설였다. 바로 대답을 하지 못하는 진우 님의 모습에 남루한 내 옷차림이 신경 쓰였다. '혹시 나 같은 사람에게 그림을 판매하는 것이 실망스러운 걸까.' 나중에야 안 것이지만, 자신의 삶이나 다름없는 서점을 지키려면 돈이 필요했고, 그림값으로 공백을 채울 수 있다는 안도감에 눈물이 나올 것 같아 바로 대답하지 못한 것이라 했다.

　진우 님은 해가 떠 있을 때는 식당에서 일을 하고, 달이 기울었을 때는 붓을 잡았다. 생계를 유지하려 아끼는 물건을 팔았다. 물러설 곳이 없을 때마다 손을 내민 것은 그의 염원이 담긴 그림들이었다.

　정말 인연은 어떻게든 만나게 되어 있는 것일까. 그의 그림은 자꾸만 숨어들던 나를 아늑하게 비춰 주었다. 동시에 묵묵히 삶의 무게를 견디고 있던 그를 다독였다. 그렇게 우리 둘의 일상을 조용히 지탱해 주었다.

　진우 님의 다정함에는 결코 가벼움이 없다. 책방을 찾아오는 나 같은 이에게 진심을 나누다 보면, 언젠가는 그의 사려 깊은 그림이 세상을 환하게 밝히는 날이 오지 않을까.

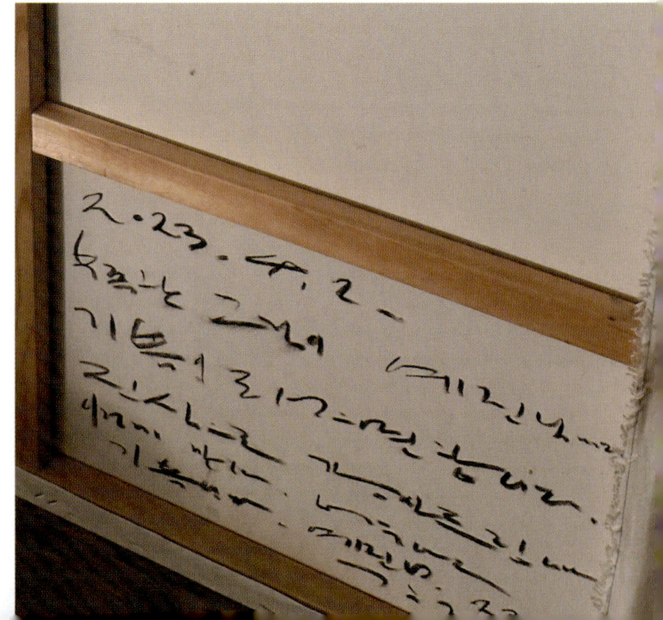

내가 만든 울타리를
부수는 대신
판을 열거달라 하는 말 대신
울타리너머로 다정하게
태도를 건넨다.

그러다보면 밤 너스로가
내가 만든 머리-통을 열어
다른 세상 경험해본다.

그우 나라는 정반대편인 취향 개수
들 들리라는 소음만 란성을 갖다 연
어느새 너 나우는
밤은 더 멀리 뿌리를 내린다.

2 — 3

나는 다정함에 약하다 내 이근 마음내오기
벌거벗은 것처럼 부끄러워 흘러있거난.
너 오는 오음이.
나에게 다정
대가없이 다정을 베푸는
사람들을 만나면.

#25

진우 님은 계절마다 우리 집에 와서 자신의 분신과도 같은 그림에게 인사를 나누었다. 그는 가만히 그림과 눈을 맞추며, 시선이 닿는 자리마다 소중히 보살폈다.

작품을 바라보는 진우 님의 감정을 전부 헤아릴 수는 없었다. 한 가지 분명한 것은 그의 눈빛이 너무나도 애틋했다는 것. 그는 우리 집을 나서기 전, 매번 같은 작별 인사를 했다.

"다시 찾으러 올게요. 그때는 열 배 더 비싸게 값을 올려서 만나러 올게요."

#26

좋은 말은 나비처럼 훌훌 날아가면서 모진 말은
거머리처럼 달라붙어 기생한다. 종종 내 일상을 쿡쿡
찌르며 침범한다.

학창 시절 주변에 있던 어른들은 자신의 말이 어떻게
전달되는지 무심했다. 책임지지 않는 말을 함부로 쏟아
내던 어른들로 빽빽했다.

교실에서 모두가 들으란 듯 으깨진 말을 아무렇지
않게 집어 던지던 선생님, 머리가 나쁘니 몸이라도 단련해
친구들의 샌드백이나 되라던 태권도 관장님, "난 그냥 애가
싫다. 아무 이유 없이 꼴도 보기 싫어. 네 급을 떨어뜨리지
마라."라던 전 남자 친구의 부모님과 평온하게 앉아 있던
전 남자 친구, 대학에 떨어지고 마주한 가족 식사 자리에서
"넌 저 언니처럼 형편없이 살지 말렴."이라며 반찬처럼 나를
씹어 삼키던 친척, 나를 외딴섬처럼 만들어 버리던 직장
상사의 말까지.

그 말은 모두 내 안에 내려앉아 뾰족한 싹을 틔웠다. 그
싹은 덩굴이 되어 견고히 만든 일상을 갉아먹고, 균열을

만들었으며, 내 뒷덜미를 잡아채 심연으로 끌고 갔다.

그럼에도, 어떤 말은 깊숙한 곳에 포근한 둥지를 튼 채로 새하얗고 작은 알을 낳았다. 모두가 잠든 줄 알았던 깜깜한 밤, 방문 틈 사이로 흘러 들어오던 목소리.

"우리 사이에서 어떻게 저런 영특한 애가 나올 수 있었을까?" 부모님이 나누었던 속삭임은 소청 이불처럼 내 몸을 덮어 주었다. 부모님은 기억조차 못 할 테지만 종종 험난한 하루를 보낸 날이면 그날 밤을 떠올려 본다.

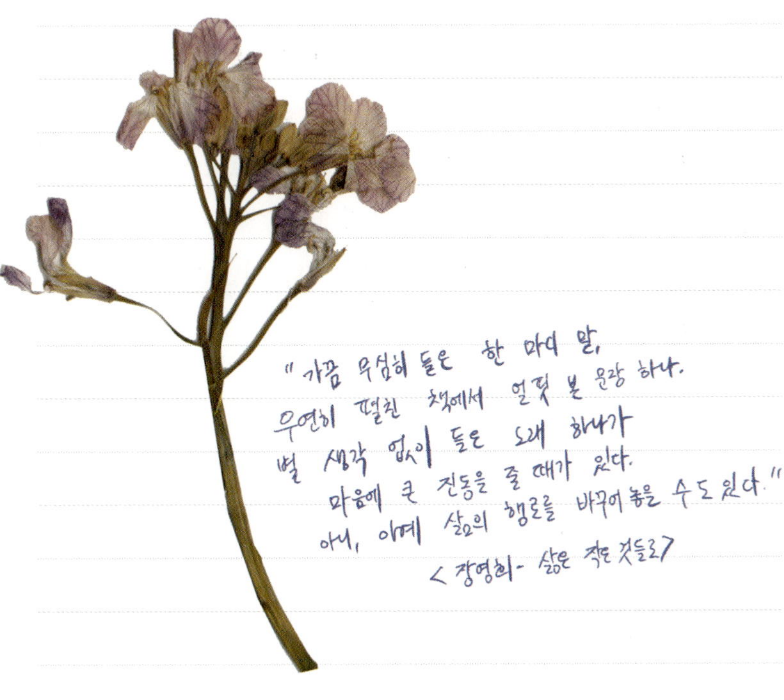

"가끔 무심히 듣은 한 마디 말,
우연히 펼친 책에서 얼핏 본 문장 하나.
별 생각 없이 듣은 노래 하나가
마음에 큰 진동을 줄 때가 있다.
아니, 아예 삶의 행로를 바꾸어 놓을 수도 있다."
< 장영희 - 삶은 작은 것들로 >

#27

한남동으로 이전하며 이름을 바꾼 책방 블루도어북스.
그곳에서 성욱 님과 재회를 했다. 지난밤 썼다 지웠다 수
없이 반복한 흔적이 묻은 편지를 조심스럽게 건넸다.
성욱 님은 표정 변화 없이 세 장의 편지를 쭉 읽고는 조용히
내려놓았다. 내 마음이 빗겨 나갈까, 그가 받아 주지 않을까
긴장하고 있었던 찰나, 그가 말했다.

"이렇게 마음을 전해 줘서 고마워요."

성욱 님과 멀어진 후로 품에 간직해 오던 편지는 주인을
찾아갔다. 나는 더 늦지 않아서 다행이라 말했고, 그는
차분히 고백을 했다. 자신의 기준대로 나를 판단했었다며,
그때를 돌아보니 오만이었다면서. 우리는 감춰 두었던 비밀
일기장을 공유하듯 조심스레 대화를 주고받았다.
각자 다른 곳에서 시간을 가지며 슬플 때는 시원하게
쏟아 내고, 즐거울 때는 숨김없이 웃는, 감정에 솔직해지는
법을 배웠다. 전보다 한 뼘 더 단단해진 마음이 눈빛에서

드러났다. 나는 안도했다. 지금껏 떠나간 인연을 외면했던
나도, 이제는 관계를 다시 끌어당길 수 있는 사람이
되었구나 싶어서. 몸속 깊은 곳에서 꿈틀거리는 불씨가
느껴졌다.

잘 지내셨나요?
꽤 오랜 시간 편지를 써서 보내고 싶었습니다.
그동안 성축녕을 보내고 매일 밤마다 반성의 시간을
가졌습니다. 저의 부족한 면모를 고찰하고 개선하는
연습을 하며 그동안 하고 싶었던 말들을 가득 담아
편지를 썼지만, 수신 동의 오일 때까지 보내지
못했네요.

용기가 부족했습니다. 내일이 밝으면 그땐 꼭 편지를
보내야지. 쏟아낸 말들을 다시 주워담고 배열하기를
반복하다 보면 늘 기다리지 않은 아침이 밝아왔습니다.

당원들과의 의견을 절충하는 방식이 미흡했다는 것을
그때는 부정했지만 이제 저는 압니다. 저와 다른
견해가 나타나면 나와 다른 세상과 만날 수 있다는
사실을 기쁘게 맞이할 줄도 알아야 했는데, 그때는
전쟁을 알리는 선전포고라 폭력적으로 느껴졌습니다.
나만의 성에 갇혀 있는 어리석은 사람이었죠.
해결되지 않는 문제 앞에 서는 평정심을 유지하려
해요 그게 잘 되지 않는, 능력이 많이 없습니다.
어렵게나 오는 내가 어떻게 이 브랜드를 끌고가나.
성축녕을 볼 때마다 매일 반성하는 제 모습이 어느 순간
견디기 힘들어 져버려요.

나는 말예준 너무 어려워는 저를 가끔 용납할 수 없습니다.
전보다 더 넓은 그릇을 지니고 있는 성녕님을 당지 못할
정도로 비교하기 짝이 없는 작은 그릇인 게 들키기 싫어서.
그걸 인정하기 싫어서 왜 오랜 시간 방황을 이어나왔네다.
그러다 그 못난 감정이 내가 지기고 싶은 것들을 짐칙하는
당신을 향한 질투라는 것도 깨달았습니다.

계속해서 축하하고 반성했습니다. 저에게 보내주셨던
성녕님의 마음들에 회선하지도 못할 정도로 못난 저는
성녕님의 새로운 소식에 응원을 보내는 대신 침묵할 수 밖에
없었습니다. 가장 소중했던 사람을 제 손으로 놓아버렸는데,
감히 제가 성녕님을 기억하고 이름을 부르는 것이 꼭
모순같이 느껴졌거든요.

함께 일하는 방법을 몰랐던 저를. 그래서 같이 일하기
곤란했을 저를. 무의식적으로 선을 긋고 오지 말라고 으름장을
놓던 저를. 선 밖에서 가까이 기다려 주셔서 고마웠다는
말는 꼭 전하고 싶어요.

저는 성녕님덕분에 다정함이 무엇인지 깨달았어요. 그러나 저는
그 다정함을 받을 자격이 없던 사람이었나 봅니다.
저에게 한 없이 베풀어주는 다정함을 되니고 있는
성녕님이 부러워 가끔은 싫이 나기도 했으니까요.
그때는 함께 대화를 나누기만 해도 마음 한 켠에 응어리졌던 것들이
해가 되는 기분에 성녕님이 말하는 방식을 배우고 싶었어요
하지만 그건 여전히 쉽지 않더라요.

또. 어느 날은 떠나려던 저에게 건네졌던, 구김 없는
마음씨를 베풀어준 덕분에 지혀어 제가 초래한 수
있었다는 사실요. 감사의 인사가 늦어졌습니다.
이제야 용기를 낸 제가 항으로 영치 없지만
이렇게 편지를 전하는 수 있는 기회를 주셔서 기쁩니다.

성극성취없 더 나은 동료가 되어주지 못해 늘 미안했고,
그동안 못난 저와 함께 동행해 주신 덕분에 왜일이것이
빛날 수 있었어요. 나에게도 당신이 가지고 싶는 빛을
나뉘 주셔서 고아웠습니다.
저미게 이런 세상도 초래한다는 것을 알려 주셔서
고아쳤습니다.

#28

초등학생 시절, 우리 가족은 낡은 이층집에 세를 들어
살았다. 방에 네 명이 모여 서로의 팔과 다리를 포개고 한
이불을 덮고 자야 하는 작은 집이었다. 아래층에는 집주인
노부부가 살았는데 매일 동네에서 주워 온 잡동사니를 대문
앞에 무질서하게 늘어놓았다. 그 바람에 우리 가족은 대문
옆 작은 입구를 통해 드나들었다.

엄마는 그 집을 좋아했다. 결혼한 지 십일 년 만에
더부살이처럼 살던 시댁에서 나와 우리끼리만 엉덩이를
붙일 집이 생겼다는 사실에 마냥 기뻐했다. 하루가 멀다고
손님을 초대해 옥상에서 돗자리를 펴고 둘러앉아 음식을
대접했다.

하지만 나는 그 집이 싫었다. 담벼락 너머로 말소리가
새어 나가면 지나가던 반 친구들이 나를 알아볼까 안절부절
못하며 얼굴을 숙였다. 그때의 나에게는 자존심이
전부였다. 아무리 둘러봐도 주변에 비슷한 처지의 아이는
없었다. 그래서 어딘가 잘못되고, 틀린 세상이라 여겼다.

맞은편의 십오 층짜리 새 아파트는 우리 집 위에

드리워진 거대한 그림자 같았다. 친구들과 하교하는 날에는 우리 집을 지나쳐 아파트 단지 안으로 뚜벅뚜벅 걸어 들어갔다. 친구들의 모습이 사라질 때까지 숨죽여 기다렸다. 다행히 친구들은 내가 아파트 단지에 실제로 살고 있는지 의심하지 않았다.

전학을 온 터라 모든 게 낯설고, 목소리도 작고, 친구들에게 말 붙이기 어려울 정도로 소심했다. 그런데 나에게도 모든 것을 털어놓고 말할 수 있는 친구가 생겼다. 공교롭게도 그 친구의 집은 맞은편 아파트였다. 매일 하교를 함께 하는 동안 친구는 우리 집에 놀러 가고 싶다고 졸랐다. 더 이상 숨길 수 없게 되자 내가 어디에 살고 있는지 용기 내어 말했다. 어느 날 그 친구는 다른 아이들에게 낡고 작은 우리 집을 놀리듯 말했다.

산처럼 쌓여 있던 낡은 물건이 대문을 가로막지 않았더라면, 아니 적어도 혼자만의 방을 가지고 있었더라면, 어린 나는 세상을 조금 덜 원망하지 않았을까. 어린 시절, 나의 구겨진 일상은 옷 사이에서 삐죽 튀어나온 실밥 같았다. 감추려고 할수록 사람들은 뾰족하고 날카로운 가위를 들고 와 가장자리를 더 헤집어 버렸다. 그리고 무엇으로도 메울 수 없는 큰 구멍을 만들었다.

고향을 떠나 서울에 취직을 했을 때 비로소 나만의 공간을 마련했다. 세 평의 작은 원룸이었지만 한동안 세상의 모든 것을 가진 듯했다. 그러다 문득 엄마가 생각났다. 친구들을 초대해 매일 파티를 열던 엄마의 해사한 미소가 머릿속에 맴돌았다. 엄마도 나와 같은 마음이었을까. 스스로 일궈 냈기에 더욱 자랑스러웠을 것이다. 집 평수, 상태는 아무래도 상관없었겠지.

어린 시절을 떠올려 보면 집안은 늘 손님으로 북적였다. 작은 공간이었지만 웃음과 활기가 넘쳤고, 가족의 온기로 아늑하고 포근했다. 부끄러움의 그림자가 함부로 집어삼킬 수 없는 것들이었다.

#29

정체기가 찾아올 때마다 한남동의 '블루도어북스'나 서촌의 '책방오늘'로 향한다. 그곳의 책은 길을 잃은 내게 지표를 주고, 꽉 막힌 벽을 뚫고 새로운 문을 만들어 준다. 짙은 해무가 낀 바다를 안내하는 등대, 세상에 대한 포용력을 길러 주는 친구, 나의 언어로 삶을 표현하고 번역하는 법을 알려 주는 스승이 된다.

한때는 책을 펼치는 시간이 괴로웠다. 어떤 책을 읽어야 할지 감도 오지 않았다. 그때 집어 든 것은 베스트 셀러 혹은 SNS나 크리에이터가 추천하는 책이었다. 어느 정도 읽기가 편해지면 관심사에 따라 책을 골랐다.

누군가에게 잘 보이거나 뽐내기 위해 선택한 책은 얼마 가지 못하고 내려놓았다. 몇 번 시행착오를 겪으니 무조건 재미있을 것 같은, 잘 읽을 수 있을 것 같은 책을 골랐다. 가끔 방향을 잘못 잡아 수준에 맞지 않은 책을 만나기도 했다. 그러면 과감하게 덮어 버렸다. 시간이 흘러 다시 펼쳐 보면 놀랍게도 한 줄 한 줄 선명하게 읽히고 탄산수를 마신 것처럼 개운하게 느껴졌다.

집 앞에 있는 작은 과일 가게에서 과일을 살 때마다 사장님은 말했다.

"지금 먹어도 되는데, 단맛이 덜하면 후숙해서 드세요."

나 또한 시간이 흘러서 덮어 두었던 책을 다시 펼치면, 비로소 깊은 맛을 느낄 수 있었다. 책도 만나야 할 때가 있다는 것을 아는지, 내가 무관심하게 굴어도 재촉하지 않는다.

#30

책은 나를 배신하지 않는 유일한 벗이다. 언제나
한쪽으로 치우치지 않게 다양한 이야기를 들려주고, 다른
이의 삶을 간접적으로 살아 볼 수 있게 해 준다. 필요한
정보를 마음껏 알려 준다. 오늘 내 벗은 어떤 문장을
운명처럼 보여 줄까.

어딘가에 속해 있으려 부단히 움직이지 않아도, 그저
몸들에 힘을 뺀 채 하염없이 부유하기만 하면 되는 곳.
나를 둘러싼 우주를 주대하고 어렵껍게 공존하던 내면의
목소리를 곱씹어 소화시킬 수 있는 '나의 동굴.'

#31

마스다 미리의 『주말엔 숲으로』라는 만화책을 선물 받아 읽은 적이 있다. 만화 속 주인공은 프리랜서 번역가로, 도시에서 시골로 터전을 옮긴다. 주인공은 집 근처 호수에서 친구들과 카약을 타면서 "노를 젓지 않고 가만히 있으면 우주가 이런 느낌이 아닐까."라고 넌지시 말한다.

그 문장에 마음이 뺏겨 카약에 도전하고 싶어졌다. 하지만 어릴 적 물에 빠졌던 기억 때문에 고민만 했다. 결국 노년에 호수가 보이는 곳에 집을 지어 꿈을 실현해야겠다고만 생각했다. 그 뒤로 카약은 기억에서 멀어졌다.

0th,가 방향을 잡지 못하고 이리저리 흔들리는 날이 지속되었다. 스스로 자처했던 고립의 시간은 마음을 조금 성장시켰지만, 주변 상황은 크게 바뀐 것이 없었다. 문득 카약이 떠올랐다. '왜 나이가 들 때까지 기다려야 하지? 지금도 이렇게 생각났으면서!' 바로 카약 동호회 카페에 가입했다. 강이나 호수에서 타기 좋은 입문자용 카약을 추천받아 덜컥 카약부터 샀다.

카약은 노를 젓는 힘을 기르는 것보다 균형 잡는 법을
먼저 배워야 한다. 균형을 유지해야 배가 전복되지 않는다.
물에 빠지지 않으려 안간힘을 쓰다 보면 노를 저어도
제자리만 맴돌 뿐 앞으로 나아가지 못한다. 그렇지만 원하는
방향으로 계속 노를 젓다 보면, 어느새 목표 지점에 닿는다.
물 위에서 두어 시간 동안 패들링만 하던 팔은 그제야
아파 온다. 출발 포인트로 돌아가기 전, 지친 몸과 마음을
가다듬는다. 정박한 땅에 드러누워 등으로 전해지는 축축한
땅의 온도와 흙 내음을 느낀다. 눈앞에는 온통 새파란
하늘이 펼쳐진다. 이름 모를 새들의 지저귐도 들려온다.

카약 메이트인 남편 진호는 "세상이 멈춘 것 같아."라는
말을 자주 건넨다. 나는 "철들지 말고 이렇게 천진난만하게
살자."라며 맞장구를 놓는다. 카약은 제자리에 묶어 두었던
나를 풀어 주고, 흐려진 시야를 맑게 한다. 투명한 본연의
모습으로 숨을 쉬게 한다.

카약을 물 위에 띄우고 올라타면, 배가 뒤집히지 않고
무사히 도착해야 한다는 원초적인 생각만 든다. 배에
올라타면, 나를 믿어야 한다. 팔의 힘을 믿어야 한다.
출렁거리는 물결에 몸을 맡길 준비가 되어 있다는, 내 안의
담대함을 믿어야 한다.

카누 처음 탄날.
새로운 꿈이 생겼다.

지금은 사라진 곳.
이 곳을 처음 맞닥뜨렸을 때, 매우 평화로웠다.

모아형, 성연님, 내 카약이 나란히.

카약이 전복되었다. 강물에 침모여 한참을 여밀여 갔다.

바다 위에 오라는 서로 생명들은 정교하고 은밀한 존재이다.

#32

　강원도 영월 어라연 계곡은 동강 상류에 있어서 물살이 거센 편이다. 반면 동강의 중심 쪽은 비교적 잔잔하다. 나는 주로 동강 중심에서 카약을 탔지만, 그날은 달랐다. 함께 카약을 타는 친구들의 권유도 있었고, 한 시간이 넘는 긴 코스에 도전해 보고 싶은 욕심도 있었다. 그렇게 친구들과 함께 상류로 이동했다.

　배를 띄우자 걱정했던 것과 다르게 평화로운 시간이 이어졌다. 하류에서는 느낄 수 없던 장엄한 풍경에 연신 환호성이 나왔다. 그러다 점점 물살이 거세지고 급류 구간과 너울이 나타났다. 너울은 어느 정도 버틸만했다. 가끔 허리만 한 너울이 나올 때면 몸이 사시나무처럼 떨렸지만, 무사히 넘기면 아드레날린이 폭발했다. 하지만 자연의 무서움을 알지 못한 초심자의 행운은 거기까지였다.

　동행했던 두 사람의 카약은 너울의 힘을 이겨 내지 못하고 눈앞에서 차례대로 넘어갔다. 그 모습을 맨 뒤에서 지켜보던 내 배도 얼마 가지 못해 사나운 너울에 뒤집혔다. 우리는 모두 물에 빠졌다.

각자 살길을 찾아 열심히 헤엄치며 물 밖으로 나오고 서로의 생사를 확인했다. 죽음의 문턱까지 가면 주마등이 영화처럼 펼쳐진다고 했던가. 실제로 겪어 보니 머릿속에서는 주마등이 스쳐 갈 겨를이 없었다. 당장 살아야겠다는 의지가 더 컸다. 깊은 수심에 발은 닿지 않고, 물살은 세고, 배는 서서히 가라앉고, 물에 빠졌던 기억이 되살아나 극심한 공포감이 밀려왔지만, 살아야 한다는 본능이 나를 강하게 물 위로 끌어 올렸다.

앞에서 가장 먼저 물에 빠진 친구의 상태는 좋지 않았다. 급류에 휩쓸리다 바위에 부딪힌 탓에 무릎이 깨져 피가 멈추지 않았고 패들도 잃어버렸다. 우리는 포기할 수 없었다. 차도 다니지 않고, 사람도 찾아올 수 없는 외진 곳. 안간힘을 다해 물에서 배를 꺼냈다. 배 안에 가득 고였던 물을 빼 내고 가쁜 숨을 뱉었다. 그리고 다시 패들을 잡았다.

카약이 목숨을 걸 만큼 매력적이냐고 묻는다면 이렇게 답하고 싶다. 큰 너울을 이겨 낸 순간 뿜어져 나오던 폭발적인 감각, 패들을 잡은 손가락 마디가 바들바들 떨릴 만큼 힘들지만 너울을 넘을 때마다 터지던 웃음을 잊지 못하겠노라고.

지극히 평범한 일상을
천천히 음미하며 사소한
것에서부터 지속적인

행복과 정답을 찾을 줄

아는 연습하기.

#33

카약에는 배가 전복됐을 때 다시 물 밖으로 꺼내는 '롤링'이 있다. 이건 연습을 한다고 해서 하루아침에 능숙하게 할 수 있는 기술이 아니다. 물속에 잠긴 채로 허둥대지 않고 침착하게 대처해야 한다. 배를 띄운 채 내부로 들어온 물을 뺄 힘도 필요하다.

얕고 잔잔한 곳에서 카약을 탄다면 굳이 랜딩을 배우지 않아도 된다. 하지만 자신의 한계를 시험하며 거센 물살과 높은 격랑 속으로 나아갈 때는 꼭 거쳐야 하는 관문이다.

랜딩을 배운 진호와 나는 첫 출항을 함께했다. 우리의 카약은 잔잔한 호수를 넘고, 흐르는 강을 건너 마침내 바다에 당도했다. 급류를 경험해 보았기에 자신이 있었다. 잔잔한 파도가 치는 바다가 강의 상류보다 쉬울 것 같았다.

우리는 육지를 벗어나 오백 미터 떨어진 작은 섬으로 빠르게 이동했다. 그곳에서 실컷 바다 수영을 하고 다시 육지로 돌아오려 배에 올랐다. 섬을 막 벗어났을 때 갑작스레 바람이 휘몰아쳤고, 크고 작은 너울이 생겼다. 너울을 견디려 수차례 연습했음에도 좌우로 요동치는 배

위에서 나는 겁을 먹었다. 등에서 식은땀이 흘렀다.

카약은 이인 일조가 원칙이다. 발이 닿지 않는 수심에서 전복된다 하더라도 동료의 도움으로 다시 승선할 수 있다. 나는 두려움을 떨치려 뒤따라오는 진호에게 계속 말을 붙였다. 바다 위에서 우리는 서로의 구원자였다.

만약 붙잡아 줄 손이 없다면, 믿을 사람은 오로지 나뿐이다. 함께 배를 타고 있어도 마지막 순간에 의지할 수 있는 것은, 결국 자신이다.

'파도를 느껴야 해. 지레 겁먹고 파도 뒤로 물러날 수는 없어. 두려울수록 더 담대하게 파도 위로 올라타야 해.'

육지에 카약을 정박한 순간, 거친 파도가 남기고 간 감각이 온몸에 밀려왔다. 바다로 떠나는 다음 항해는 언제가 될지 모르겠지만, 이것만은 분명했다. 삶이 버겁고 도망치고 싶을 때마다 카약 위에 다시 올라탈 것임을. 그렇게 세상의 어떤 격랑도 기꺼이 헤쳐 나갈 것임을 말이다.

#34

한바탕 카약을 타면 금세 허기가 진다. 에너지 소모가 크지 않은 취미이지만, 너울을 만나거나 살아야 한다는 생의 집요함을 만나면 이야기는 달라진다. 발을 땅에 딛고 배를 끌어당기는 순간 허기가 요동친다.

내 뿌리이자 삶의 거친 파도를 온몸으로 맞은 엄마가 떠오른다. 엄마는 스무 살에 결혼을 해서 시어머니와 십 년을 함께 살았다. 할머니는 찌개 전문 식당을 운영하셨다. 엄마는 자연스럽게 식당으로 출근했는데, 일급은 고작 만 원이 전부였다. 비슷한 또래의 학생 손님을 매일 보며 느끼는 쓸쓸함에 비하면 턱없이 값싼 금액이었다.

결혼하면 공부를 하게 해 준다는 희망도, 아파트를 사 주겠다는 시부모님의 약속도, 이루고 싶은 꿈도 무시당한 채 엄마는 식당 한구석에서 누려 보지 못한 삶에 대한 질투와 아빠의 연이은 사업 실패를 견뎌야 했다.

아빠는 마지막 사업이라며 PC방을 차렸다. 그리고 손님석 사이에 아빠의 지정석을 만들어 밤낮없이 게임을 했다. 살림과 육아는 고스란히 엄마가 떠안았다. 엄마의 무거운 짐과 뜨거운 응어리는 첫째인 나에게 대물림되었다. 한여름 해변가에서 놀다 집으로 돌아가면 벌겋게 탄 살갗에 감자를 갈아서 얹어 주거나 우유로 머리를 감겨 주면서 자신이 믿는 사랑을 지켜 내려 애썼다. 한편 신경을 거슬리게 하는 일이 있으면 감정을 제어하지 못하고 폭력적인 말과 행동을 쏟아 내기도 했다.

내가 서울로 오기 전까지 엄마는 모두가 잠든 밤에 내 핸드폰을 자주 훔쳐보았다. 분명 일탈을 걱정하는 마음이었을 것이다. 하지만 나와 눈이라도 마주치면 "뭐 숨기는 거 있는가 보네."라며 몰아세웠다. 우리 사이의 문제는 풀리지 않는 매듭처럼 쌓여 갔다.

자식을 향한 비뚤어진 애정이 지속될 때마다 오기가 발동했다. 나는 엄마 마음에 대못을 박는 행동을 하고 속으로 '내가 이겼다!'라고 외쳤다. 그렇게 많은 상처를 주고받은 뒤 엄마의 심경에 변화가 있었던 걸까. 엄마는 내가 스무 살이 되자 새장의 문을 열고 자유롭게 풀어 주었다.

내가 서울로 온 이후, 엄마는 나의 삶을 묵묵히 지켜보고 있다. 말 한마디 없이 혼인 신고를 하든, 집을 계약하든 나의 모든 결정을 응원해 주었다.

'엄마도 엄마가 처음이었을 테니까'라는 문장으로

과연 이해될까 싶었다. 하지만 예상했던 것보다 더 오래,

끈질기게 좋은 엄마가 되려고 보여 준 노력이 느껴졌다.

굳게 닫혔던 방문이 열렸다. 방에는 세월의 무게를 짊어진,

지금의 나보다 어린 얼굴을 한 엄마가 기다리고 있었다.

나는 그녀를 말없이 안아 주었다.

　　엄마는 내가 당신을 용서했다는 사실을 모른다. 엄마를

보러 간다고 하면 전날부터 내가 좋아하는 음식으로 상을

차린다. 나는 젓가락을 들어 소담스레 담긴 음식을 입에

넣는다. 그리고 침묵으로 전하는 엄마의 마음을 헤아려

본다. 연기가 모락모락 나는 쌀밥과 반찬은 가슴 속 상처를

아물게 한다. 나는 그 따뜻한 맛을 꼭꼭 씹는다.

사랑하는 딸

내 품에 안겨 있던 그 조그맣던 아이가 어느새 어른이 된 안봄 진 시간이 흘렀구나. 아무런 준비도 되지 않은 상태에서 너무 어린 나이에 너를 만나게 되어 엄마는 항상 부족함 투성이었어. 그래서 기쁨보다는 슬픔이, 즐거움보단 괴로함과 고통이 더 많았던 그런 날들을 보내면서 긴 시간이 지난 지금까지도 늘 미안한 마음을 품고 산단다.

나는 항상 식당일을 도와주느라 정작 너를 보살필 시간이 없이 어쩔수 없이 할머니 손에서 자라게 됐는데, 내가 일하고 있는 식당에서 내 또래 학생들이 와 술을 마시며 캠퍼스를 즐길 때 나는 그들을 부러워 하고 질투하며 주방 구석에 앉아 설거지를 하며 청춘을 보냈단다. 그게 10년, 같은 나이 또래들에게 "아줌마"라는 호칭을 들을 때마다 울고 싶었지만 그것보다 더 나를 무너뜨렸던 내가 아닌 할머니랑 함께 있고 싶다 네가 목 놓아 엉엉 울던 때였어. 네가 그럴때는 내가 통째로 사라진 것 같은 기분이 들었다.

딸. 넌 참 씩씩한 아이였어. 넘어지면 먼지를 털어내며 웃었고, 식당 구석 테이블에 앉아 하루종일 그림을 그리며 일이 끝날때까지 기다렸지. 너는 어릴때부터 용감하고 정의롭고 착했었는데. 그대로 잘 자란 것 같아 더이상 바랄 것이 없다는 생각이 들어.

나는 나의 젊은 날이 어떻게 흘러갔는지 기억이 나지 않아.
남오 다른 사람들처럼 많이 있었어. 하지만 지금은 다 지나간
이야기지. 온종일 일만 하며, 음식을 만들고 설밍을 하고 설거지만
한 채 내 삶을 바쳤던것 같아. 물론 시어머니 가게라 받는 눈도거의
없었지. 그렇게 세월이 흐르니 내가 알던 나는 더이상 볼수
없었고 얼굴에는 검버섯이 피고 주름으로 가득한 내가 거울속에
있더구나. 이건 후념하기위해 쓰는 편지가 아냐 그냥 딸이 알아
줬음해. 나는 후회하지 않는다고.
엄마는 너로인해 배운 것이 더 많으니까. 반짝반짝 빛나고 있는
너덕분에 나에게도 그 빛이 전념이 된 기분이야

잘해준 것보다 못 해준 것이 더 많아 속상하다. 좋은 엄마가
되는건 내 평생의 숙제가 아닐까. 그래도 너가 행복할 때는
진심으로 웃으며 함께 기뻐해 줄수 있고, 네가 괴로울 때는
더여 고통도 가져갈게. 이건 잊지말아주렴.
딸, 너는 내게 가장 큰 축복이야.

엄마가

추신: 배달음식 좀 랑어라.
      청주는 언제 오니?

#35

　진호는 오래전부터 목공을 배우고 싶어 했다. 마침
근처에 취미로 배울 수 있는 공방이 있어 수업을 등록했다.
우리는 그렇게 '고요 퍼니처'에서 석 달 동안 도구의
원리, 사용 방법, 못을 사용하지 않고 짜맞춤으로 나무를
조립하는 법 등을 배웠다. 보통 원데이 클래스나 한 달
과정은 강사가 창작물을 거의 다 만들고 수강생이 나머지
부분을 참여한다. 하지만 이곳은 수강생 스스로 목공의
기초를 설계할 수 있도록 가르친다.

　목공을 시작하기 전, 배우는 과정이 힘들다는 말을
숱하게 들었다. 사람이 하는 일인데 얼마나 힘들겠나
싶어서 오기가 생겼다. 그런데 수업이 시작되고 얼마간은
혼을 쏙 빼놓을 정도의 강행군이 이어졌다. 목공 수업을
받고 나면 그 뒤의 모든 일정을 취소해야 할 정도였다.

　모든 일을 급하게 서둘러 해치우는 나와 다르게 목공은
느리고 진득한 과정의 연속이었다. 대패 날 가는 것부터
그렇다. 물을 충분히 먹은 숫돌 위에 불투명한 날을 놓고 양
검지와 중지를 그 위에 올려놓는다. 내 모습이 날에 비칠

만큼, 투명하고 매끈한 상태가 될 때까지 위에서 아래로 쉼없이 갈아야 한다.

단순 반복 행위라고 덤볐다가 피를 보기 십상이다. 대패 날을 가는 건 정신력과 체력, 인내심을 고도로 필요로 하는 작업이다. 잠시라도 딴생각을 하면 손가락 위치가 틀어져 날이 엉망으로 갈린다. 날을 다시 원위치로 되돌리는 작업은 차라리 새로운 날을 가는 게 나을 정도로 힘들다. 몇 시간 동안 똑같은 강도의 힘으로 날을 밀다 보면 손가락이 딱딱하게 굳는다. 굳은살이 생길 정도로 반복하다 보면 일종의 수행이 된다.

"천천히, 천천히."

선생님은 대패 날을 갈고 있는 내 곁에 와서 조언을 했다. 본인도 목공을 하다 보니 성격이 느긋해졌다면서. 나는 속으로 되뇌었다. '급해서 좋을 건 없다. 느리더라도 단단한 기반을 만드는 것이 목표다.'

목공을 하는 과정이 내면의 중심을 세우는 일처럼 느껴졌다. 거친 표면을 다듬고, 설계에 맞춰 재단하고, 장갑을 벗고 부드럽게 가공한 나무를 맨손으로 만졌을 때의 느낌. 나무와 나무를 결합하고, 기다리고, 오랜 시간 이어지는 마감 작업은 고요한 명상과 같았다.

직접 만든 가구를 바라보았다. 경건한 마음으로, 기도하는 마음으로. 장갑을 벗고 손끝으로 쓰다듬었다. 목공을 통해 시간과 공을 들여 만든 사물을 이해하게 되었다.

#36

목공에는 '장부맞춤'이 있다. 나무끼리 정확히 맞물리도록 치수와 각도, 깊이 등을 오차 없이 맞추는 과정이다. 들어갈 부분(숫장부)과 맞물릴 부분(암장부)을 서로 딱 들어맞게 만든다. 못과 나사 없이도 뒤틀림이나 벌어짐 없이 오랜 세월을 버티는 구조다.

사람들은 나와 진호의 관계를 이 장구맞춤일 거라고 생각한다. 우리는 사랑에서도, 일에서도 삶의 깊숙한 곳에서 단단하게 기대고 있다. 하지만 나무가 아닌 사람이기에, 맞지 않아 틀어지거나 벌어지는 경우도 종종 있다. 그럴 때 우리는 억지로 맞추려 하지 않고 적당한 간격을 두었다. 때가 되면 다시 가까이 붙을 수 있게.

하나의 목표로 함께 달릴 수 있는 파트너가 있다는 것은 모진 바람 속에서도 움츠리지 않고 버틸 힘이 된다.

좋아하는 것을 더 좋아하기 위해 순진하게 달려드는 모습. 삶을 자기 것으로 만드는, 목표를 책임감 있게 끌고 나가는 당찬 얼굴. 진호 앞에서는 오롯이 나로 존재할 수 있었다.

#37

한 번은 진호가 목공 수업을 받던 중 선생님에게 앞으로
무엇을 해야 할지 모르겠다며 푸념을 늘어놓았다.

"이십 대는 사회에 나온 지 얼마 안 되어서 적응하려고
눈치 보기 바쁘잖아요. 그 시기에 하고 싶은 일과 좋아하는
일이 분명한 사람들이 신기하고 대단하다고 생각해요. 저는
좋아하는 일을 찾는 과정에서 시행착오가 많았어요.
사람들은 저에게 모험심이 강하다고 말하지만, 사실
굉장히 안정적인 것을 추구하는 사람이거든요. 하지만
원하는 일을 하면서 살고 싶다는 마음이 안정에 대한
욕구를 이겨 버린 거예요. 삼십 대 초반까지 마땅한 꿈이
없을 정도로 인생이 불투명했는데 삼십 대 중반부터 시작한
목공 일로 인해 지금은 하고 싶은 일이 넘쳐 나요. 어차피
인생은 길고 걸어가야 할 길은 아직 많이 남아 있으니까요.

"저는요. 하고 싶은 게 많을수록 나이 드는 게 기대돼요.
감각을 늘 깨어 있게 하려고 노력해요. 감도 높은 안목과

정체성을 쌓아 가야 하고요. 뜨개질을 잘한다고 모두 뜨개 작가가 되는 건 아니니까요. 자신만의 개성이 없다면 나를 모르는 사람들이 보았을 때 이해하지 못하거나 촌스럽다고 생각할 수도 있어요. 결국 나만의 색깔을 어떻게 구축할 것인지, 그것을 어떠한 방식으로 꾸준히 쌓아 올릴지가 중요하죠."

나무와 나만 존재하는 것처럼 열정적으로 톱질을 하다가 손을 멈추어 깊게 팬 자국을 들여다보았다. 스무 살이든 서른 살이든 마흔 살이든 쉰 살이든. 하고 싶은 일이 생겼을 때 진짜 인생이 시작되는 거라면, 지금은 마음껏 방황해도 좋다는 생각이 들었다. 우리의 삶은 목공처럼 긴 호흡을 해야 하니까. 자신만의 속도로 천천히 나무의 결을 읽어 가면 된다.

6단선반

기능 ✓ 24 X 1560 =

✓ 252 X 22 =

(천반)300 X 1000 =

(철반)276 X 1000

( ) 252 X 10 = 0

) 145.7 (2년)

· 125 (1년)

· 13 (10년) (1년)

(다룡불2
447 B X14 57
디스켓 465
화보래 3가

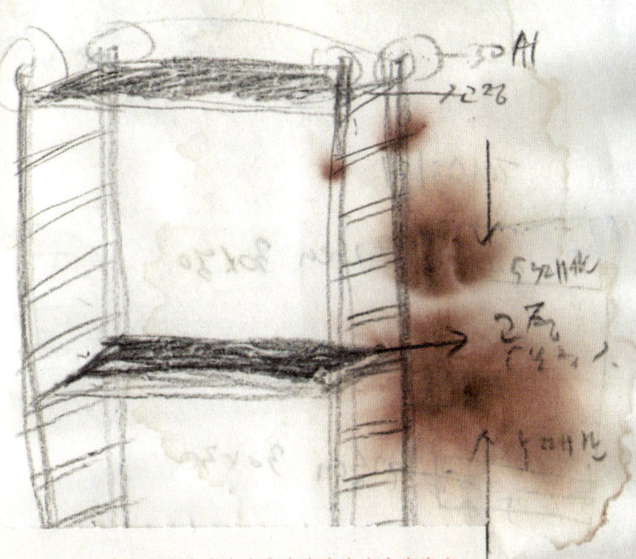

"조급해 할 필요 없어요.
어차피 인생은 길고
걸어가야 할 길은 아직
많이 남아있으니까요."

"하고 싶은 게 많을수록
노년이 기대 돼요."

〈옥공선생님과의 대화중〉

(2) 작업실

(3) 액자 샘틀 제작과정

#38

직접 만든 소가구를 판매하기로 했다. 비록 작은 크기이지만 좋은 나무를 사용했고, 제작 기간도 길었다. 사실 만드는 과정보다 더 어려웠던 것은 가격을 책정하는 일이었다.

Oth,를 운영하면서 십만 원 이상의 가격을 매기는 것은 처음이었다. 고객이 어떻게 받아들일지 고민이 앞섰다. 결국 내 인건비를 제외하고 십만 원이 되지 않는 금액으로 판매했다.

인건비가 빠진 가격이지만 꽤 높은 가격이라 생각해 아무도 구매하지 않을 줄 알았다. 그런데 판매를 시작하자 준비했던 수량이 전부 소진되었다. 곧바로 뜻밖의 후회가 뒤따랐다. 내 손의 가치를 하찮게 여겼다는 마음 때문이었다.

'처음'이란 단어는 마음을 쉽게 요동치게 한다. 그 단어 앞에 서면 머릿속은 금세 흐릿해진다. 정작 중요한 내 시간의 무게와 손길의 깊이를 스스로 지워버린다. 그렇게 좋아하는 마음만으로는 오래 버틸 수 없다는 사실을 서서히 깨달았다.

　정성과 시간, 손으로 빚은 것을 무작정 저렴하게 내놓는 일은 겸손이 아니라, 나 자신을 흐릿하게 만드는 일이라는 것을. 다음에는 조금 더 선명한 마음으로 내 중심에 서서 당당히 값을 매기는 것. 그것이야말로 나를 지탱하는 단단한 자존감이라는 것을.

#39

Oth,의 소식을 한동안 전하지 못한 채 무거운 시간이 흐르던 겨울. 우연히 브랜드 관련 글을 집필하신 어느 작가님의 북토크에 참석했다. 참가자들은 탁자에 둘러앉아 각자 좋아하는 브랜드에 관한 이야기를 나누었다. 나는 아무도 알아보지 못할 것으로 생각하며, 작은 브랜드를 운영한다고만 짧게 소개했다. 그러고는 곧바로 다른 브랜드에 대한 이야기를 꺼냈다.

그런데 바로 옆자리에 계시던 분이 자신이 좋아하는 브랜드로 Oth,를 언급하는 것이었다. 좋아하는 이유를 하나하나 고백하듯이 읊어 주기까지 하셨다. 나는 심장이 뛰면서 가슴이 벅차올랐다. Oth,를 나만 사랑하고 있는 것이 아니었구나 싶어서. 그날의 기억은 마음 깊숙한 곳을 조용히 흔들며 깨웠다.

누군가 또렷하게 내 브랜드를 간직하고 있었다는 사실은 나를 동굴 밖으로 이끌었다. 혹시라도 망하면 취업을 해야겠다고 손쉽게 책임을 내려놓으려 했던 나였다. 하지만 그날 이후로 마음이 달라졌다. 브랜드를 지켜내야겠다는 사명감이 생겼다. 어떤 일이 닥쳐도 굳건히 지켜낼 것이라고 스스로와 약속했다. 0th,는 더 이상 나만의 것이 아니라는 사실 또한 매일 되새겼다.

사업은 오랜 시간에 걸쳐 습득할 지혜를 단칼에 가르쳐 준다. 하지만 그 깨달음을 외면한다면, 내가 구축했던 세계가 순식간에 확장되거나 무너질 수도 있다.

내가 만든 것들에 대한 확신.

제품에 대한 확신.

브랜드에 대한 확신.

사진에 대한 확신.

글에 대한 확신.

걸어가고 있는 이 길에 대한 확신.

어떤 일을 기획할 때마다 주문처럼 외우듯 읊조리는 것들이다. 확신이 서지 않은 제품은 열심히 만들었다 하더라도 많은 관심을 기대하기 어렵다. 유행만 따르는 상품은 나만의 이야기와 색이 담겨 있지 않아 쉽게 잊히고 외면받을 수 있다. 흔들리지 않을 중심이 있어야 한다. 내 목소리로 꾸준히 말하고, 밀고 나가는 힘도 필요하다.

지금의 브랜드를 만들었고 매출을 책임졌던 패브릭

포스터. 고정적인 수입을 주었지만, 그 안락함이 나를

느슨하게 만들었다. 결국 중심을 지키기 위해 패브릭

포스터를 단종시켰다. 대신 부지런히 책을 읽고, 산책을

했다. 마음의 여백을 조용히 어루만지는 시간을 보냈다.

언젠가 여백 안에서 새로운 숲이 자라나기를 바라면서.

#40

가치는 시간의 결을 따라 스며든다. 세월의 흔적이 배어 있는 빈티지 가구, 절판된 책과 오래된 문서들, 세상을 떠난 작가의 그림들, 백 년 전에 만들어졌음에도 지금까지 보존된 종이와 연필들.

'오벌(oval)'은 논현동에 있는 프라이빗 문구숍이다. 예약을 하면 최대 두 명이 한 시간 반 동안 머물며 구경할 수 있다. 오벌 사장님은 많은 단골을 두고 있을 만큼 문구에 해박하다. 이곳에서는 특히 소장 가치가 높은 연필을 만날 수 있다.

"연필은 와인과 닮았어요. 좋은 물건은 시간이 흐를수록 값어치가 올라가죠."

사장님은 연필의 심, 각, 잡는 느낌 등을 조율해 손님에게 맞는 연필을 찾아 준다. 나는 덕분에 1950년에 생산된 미라도 연필을 구매했다.

확고한 철학으로 이어져 온 브랜드와 소량으로 만든 물건은 유행에 흔들리지 않는다. 그런 물건을 오래 아껴 주는 사람이 있다는 건 얼마나 기쁘고 행복한 일인지.

하나의 사물을 끝까지 붙들고 들여다보는 것이 얼마나
매혹적인지. 수집가는 세상을 떠나도, 그의 물건은 다른
손에서 새로운 시간을 살아간다.

나는 앞으로 더욱 집요하고 섬세하게 0th,만의 물건을
만들 것이다. 그 물건을 손에 쥘 누군가를 상상하며 애정과
신중함을 더 하는 일도 잊지 않겠다. 그 모든 것의 바탕에는
진심이 있다.

① 누적된 체험의 소멸   ② 관성의 안락함

③ 찬미하는 삶.

1 <사고의 확장?>

자주 경험을 불러 일으키는

똑같은 일상속 새로운 삶의·시각

일상속 자주 '영탄' 하는 삶을 불러

2 <존재의 확장> → 경영.

창조   갱신(성장)   '다'로 상기.

자발적   세계 구축

～에 기대어 나를 돌볼수 있는 원천·행위

· 갱신
· 창조
· 존재의 확장

늘 깨어있는 감각 → 삶의 확장

→ 움직임을 통해서만 세계의 본성을 새롭게 경험 가능.

(흔적을 남기고자 하는. 인정 받고자하는 인간의 본성을 건드리기) 쓸모를 찾기.

"삶의 변화는 내가 꿈꾸면서 다른 사람의 꿈을 깨울수 있을 때 비로소 일어난다."

소진하는 삶 말고 쌓이는 삶에 도움을 줄수 있는.

Oth. 반성성. 물건에 것들이야 살 키우는.

제품기록 · 질문하기   (선생님답 (04p))

① 동사

(1) 새 컵을 디자인 한다면?
→ 물을 운반하는 새로운 방법을 디자인 한다면?

인테리어 상품이만 흐렸던 지난날이 다th. / 현래는 '이야기·기획'에 흐렸을 맞추다

(2) 새로운 스쿨버스는 어떤 오양일까
→ 학교에 가는 새로운 방법은?

* 틀'에 라 '영역'에 가두지 말고
방법'을 디자인 한다는 것으로 접근하기 / 아울건 '기억'을 ... 상대방의 '미래'을

질문의 중심이 물건에서 이동하는 방식. (물건→

컴퓨터·오빌리티·컴퓨터 ... 등 (명사)를 제거하고 맞춰 해들. (컴퓨터게 읽기야 지능로운)

... 가 아닌 ... 문서는 A막스 ... 절로해

... 스템을 개방하고 ...면 / 용납속 우 입 ... / 아수면 / 깨 ... 그 ... 개선하는 것.

↳ 쉽게 깨선다 →
튼튼하고 단안한 세계는 ...
하늘 법

· 폴이아웃되는 앙ㅊ만ㅊ →
원큐로 끝일수 있는 암ㅎ

· 불편하다는 사실을 (브랜드 ... 되집는다면?

* 새로운 장ㅊ × 기존기고을 디벌

17
18
19
20

(수단너머 목적을 바라)
수단을 고집ㅎ
목적을 ... 닿다.

• 소품 (옷, 액세사리…) 에는 긍색하면서
문화생활을 도타주는 (8 콜주 고생바라이안 컬러더 중요)
독니대 (CP. 롱 등의 기록을 도타주는) 물건물들때문 호텔이
↳ 지갑을 열기 흥해건다.   ㉫ · 관심붕야일 수록

① 전체에 관한 질문
② 주관력인 결문
③ 여상력인 평문
④ 동사로 된 질문
⑤ 따뜻하는 결문
⑥ 목적에 관한 질문
⑥ 이타적인 결문 ⑧ 이슈로는 질문.

(제품기획에 안 나서)
이학을 때마다 목 질문해보기

사람들이 바라는 불편해하는
인사이트 발견 →
토대로 컨셉을 세우고
새로운 시랑을 개록 (no. ex 페브리즈)

함흘 이들이 오강되는
일상속 개선 바라는 점을 하고
포착해 기록을 작성.
↳카피를

'동사'로 이루어진
질문에는 명사 즉
신감을 범주에 얽매이지 않는
폭넓은 아이디어를 이끌어낼
칩을 수 있다.   (119p)

다시생각해
이야기면

othi는
안테리어 소품 하시 X
(기록삼걸/이야기상걸)
한탕속 작동기분들을 → 고객이
채련하는데 도움을
↳이랑 코드, 브랜드

• 일상속 루틴으로 줄 수 있는
'습관'을 탁산시킬수 있는
ⓔ 계품· 브랜드
(어느새 일상속에 스며들어
없으면 허전해질 브랜드를 먼들자

이루고 와 있능 이느건-
(가짜가 보는 진짜처럼)

Date

chapter 3. 개화

#41

친할머니는 평생 건실하게 돈을 버셨다. 그 돈은
할머니와 재혼한 두 번째 남편이자 친할아버지의 사업
밑천으로 들어갔다. 할아버지는 연달아 사기를 당했고,
겨우 시작한 사업은 거하게 망했다. 결국 아빠가 보증을
서면서 그 빚을 고스란히 떠안게 되었다.

할아버지로 인해 비명 한 번 질러 보지 못하고 바닥으로
곤두박질쳤던 아빠. 오랫동안 신용불량자로 살면서
흰머리가 나고, 그것이 다 빠질 때까지 빚을 갚아야 했다.

"아빠는 그때 무슨 생각했어?"

질문에 어이가 없다는 듯 픽 하고 웃던 아빠는 파고를
모두 겪은 뱃사공처럼 의연하고 담담한 표정을 지었다.

"그냥 사는 거지 뭐."

뭔가 맥이 빠졌다. 그냥 사는 것은 너무 평범한

대답이었으니까.

아빠는 삶의 질곡이 많은 사람이다. 성인이 되기도 전에 살기가 너무 힘들어 가출해 혼자 산속으로 들어갔다. 죽고 싶다는 생각보다 '그래도 살아야지'라고 생각하면서 버텼다고 했다.

다니던 회사에서 옳은 목소리를 내다 누명을 쓴 아빠는 일상을 빼앗겼다. 한동안 작은 방의 문을 잠그고 밖으로 나오지 않던 아빠의 겨울잠을 기억한다. 오랫동안 굳게 닫혀 있던 방문. 언제 열릴지 모르고, 언제 나올 거냐고 묻기조차 어려웠다. 어느 날, 아빠는 아무 일 없다는 듯 방문을 열고 나왔다. 덥수룩하게 기른 수염을 자르고 깨끗이 씻은 뒤 새 일터로 나갔다. 자식들에게 들키고 싶지 않아 홀로 짊어지려 했던, 그 방문 뒤의 침묵과 아픔은 내 기억에 오래 남아 있다.

생계를 책임져야 한다는 사명감으로 똘똘 뭉쳐 자신의 꿈도 억누르고 살았다. 그러나 물구멍처럼 새는 돈을 메꾸기엔 역부족이었다. 아빠는 쉼 없이 일했다. 모두가 잠든 밤, 일터로 나가 해 질 무렵 돌아오는 생활을 반복했다. 바닥에 머리만 대면 죽은 듯이 잤다.

"대학, 꼭 다녀야겠어?"

수화기 너머 들려오는 피곤한 목소리에 나는 침묵으로
답변했다. 아빠가 미웠지만 미워할 수 없었다.

"……그래도 대학은 가야지…….'

결국 며칠 후 아빠는 등록금을 건네줬다. 나는 투정을
부렸다. 이렇게 줄 거면서 왜 사람 속을 뒤집어 놓느냐고.
나중에 안 사실이지만 자존심 강한 아빠가 주변에 아쉬운
소리를 하며 빌린 돈이었다. 아빠는 나를 볼 때마다 말했다.

"나처럼 살지 마. 너를 위해 살아."

하고 싶은 일이 있으면 미루지 말고, 가고 싶은 곳이
있으면 다 가 보라고. 아빠는 그렇게 모두가 잠든 밤, 또다시
길을 나선다.

아빠의 화물차는 대한민국 전역을 달린다. 무슨 일이
있든 쉬는 날 없이 가장 밝게 불타오르는 아침 해를
마주하며 말이다. 아빠는 끝도 없이 이어진 도로 위에서

무슨 생각을 했을까.

감정 표현이 서툴지만 내가 찾아갈 때마다 제일 먼저 반겨 주는 사람, 서울로 올라갈 때는 내 뒷모습을 끝까지 지켜보며 배웅해 주는 사람, 내 차가 아파트 단지 밖으로 나갈 때까지 바라봐 주는 유일한 사람.

우리의 사랑은 조용하다. 너무 조용해서 사랑이 곁에 있다는 것을 깨닫기까지 오랜 시간이 걸렸을 정도로. 아빠는 가족에게 빚 말고 사랑만 심어 주려고 했다. 오로지 사랑만.

#42

쏟아지는 일을 모두 잘 해내고 싶어서 머리가 늘 절절 끓었다. 또다시 번아웃이 오기 전, 몸을 환기해 줄 시간이 필요했다. 나는 무작정 살구 선생님이 운영하는 꽃꽂이 수업을 신청했다. (사실은 업무 의뢰를 드리고 싶어 접근했던 게 훨씬 더 크다.)

꽃꽂이 수업을 거듭할수록 처음 품었던 사업적인 욕심은 서서히 엷어졌다. 일주일에 한 번, 향기롭고 생명력 가득한 자연물을 만지는 일에 점점 스며들었다. 꽃으로 자유롭게 이야기할 수 있는 작업에 진심을 쏟게 되었고, 아름다운 에너지를 나눠 주는 꽃의 매력에 흠뻑 빠져들었다. 정신을 차려 보니, 어느새 두 해를 훌쩍 넘겨 고급반 수업을 듣고 있었다.

"꽃꽂이에는 정답이 없어요."

한 치의 오차라도 생긴 날에는 처음부터 다시 만들어야 하는 목공과 다르게 꽃을 만지는 일에 '완벽'이란 없었다.

정답이 없는 세계에 발을 들여놓으니 당황스러웠지만, 내 몸에 꼭 맞는 옷을 입은 듯 금세 적응했다. 선생님의 작품을 참고하면서 나만의 꽃꽂이를 완성할 때는 묘한 성취감도 느꼈다.

함께 기초반 수업을 들었던 수강생이 있었다. 그분은 수업이 끝나면 집으로 돌아가지 않고 작업실 맞은편에 있는 놀이터로 향했다. 홀로 그네에 앉아 꽃을 만져 보며 수줍은 얼굴로 여운을 즐겼다. 그 모습을 보며 문득 떠올랐다. 끊임없이 쟁취하려 했던 지난날의 내 얼굴은 어떤 표정이었을까. 그분처럼 해사하게 빛나고 있었을까, 아니면 무언가를 갈구하며 불안의 그림자를 드리웠을까.

location 제주도
꽃은 누군가에게
자신을 보여주기
위해 피어나지 않는다.
기나긴 겨울을 이겨내고 봄이
찾아다 피었더니
사람들이 봐주는 것뿐.

#43

나는 학생일 때도, 회사원일 때도 무엇이든 혼자 힘으로 해내려고 했다. 그래서 0th,를 시작한 뒤로 '함께 일하는 감각'이 무엇인지 알지 못해 오랜 시간 방황했다.

퍼스널 브랜드를 운영하는 사람일수록 다른 의견을 수용하고, 충돌을 견디며 좋은 방향을 만들어야 한다는 사실을 알고 있었지만 실천은 쉽지 않았다. 틀릴 수 있다는 것을 인정하지 못했다. 늘 옳은 사람이고 싶었다. 우기고, 설득하고 때로는 합리화했다. 내 의견과 반대되는 사람을 만나면 도망치기 바빴다.

이제는 도망가던 두 다리를 멈추고 주변을 둘러본다. 틀렸을지도 모르는 부분을 차분히 바라보고 싶다. 함께 걸어가는 길을 연습해 보려고 한다. 크고 작은 고난이 있을 테지만 그저 스쳐 가는 바람일 뿐.

저마다 다른 꽃들이 모여 꽃다발을 이루고, 조화로운 정원을 만든다. 꽃들은 말없이 가르쳐 주었다. 혼자 빛나는 것보다 서로 기대어 더 넓게 환해지는 방법을.

#44

계절은 늘 꽃으로부터 시작된다. 꽃을 다루는 사람은 한 발짝 먼저 계절을 마중 나간다. 계절의 기척을 손끝으로 감각한다. 꽃은 시간의 흐름을 숨기지 않는다. 피고, 머물고, 스러지는 과정을 있는 그대로 보여 준다. 꽃을 보면 '지금'이라는 짧은 순간을 붙잡아야겠다는 생각이 든다. 꽃에게 '나중'이란 없다. 어쩌면 우리에게 필요한 것도 지금 이 순간에 피어 있는 것을 놓치지 않는 마음이 아닐까.

\#45

취미가 늘어날수록 인생이 훨씬 더 재미있다는 것을
느낀다. 이 사실을 먼 훗날 내 아이에게도 알려 주고 싶다.
결코 돈을 잘 벌어야만 행복한 게 아니라는 것을. 행복의
척도는 남이 아닌 내가 정한다는 것을. 그 사실만 알아도,
삶은 훨씬 더 근사해진다는 것을.

초등학생 때 피시방에서 '디아블로' 라는 게임을 처음 접했었다.
그 게임 속에서 지도는 직접 가 본 곳만 나타나고,
나머지는 전부 어둠으로 덮여 있었다.
새로운 길로 ~~나아가야만~~ 내 발자취를 따라 지도 속 길이 열리는데,
그 이미지가 아직도 또렷하게 남아 있다.

경험의 폭이 넓어진 걸 지도에 빗대어 말하게 된 것도
그런 이유 때문이다. 내 지도엔 잘못된 길이든, 우연히 지나친 길이든,
경멸 없이 모두 남겨두고 싶다.
그게 나라는 사람의 여정을 가장 솔직하게 보여주는 방식이니까

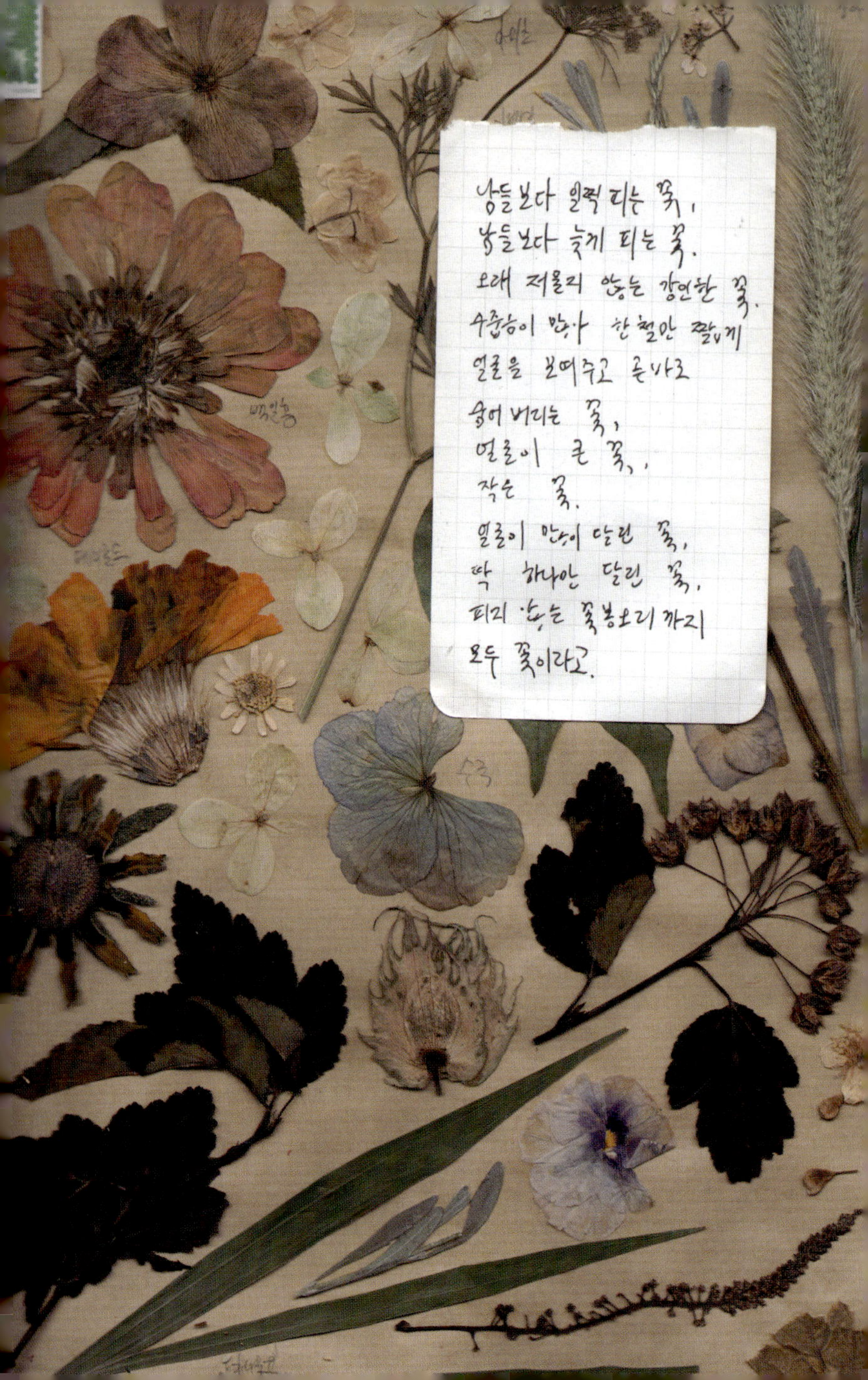
남들보다 일찍 피는 꽃,
남들보다 늦게 피는 꽃.
오래 저물지 않는 강인한 꽃.
수줍음이 많아 한 철만 짧게
얼굴을 보여주고 곧바로
숨어 버리는 꽃,
열로이 큰 꽃,
작은 꽃.

열로이 많이 달린 꽃,
딱 하나만 달린 꽃,
피지 않는 꽃봉오리 까지
모두 꽃이라고.

#46

    살구나무 숲, 그곳에는 꽃 수업이 끝났음에도 집에 가지 않는 사람들이 모인다. 비록 수업만 듣는 사이지만 날씨가 좋으면 좋은 대로, 나쁘면 나쁜 대로 그날의 기분과 감정을 함께 나누는 모임이다.

    우리는 자주 연희동을 거닐었다. 고즈넉한 주택 담 넘어 꽃이 피어 올라앉아 있으면 걸음을 멈췄다. 수업 장소에서 조금 더 떨어진 덕수궁으로 나가면 궁이 아닌 나무만 보았다. 거친 표면을 쓰다듬으며 세월을 헤아려 보는 것이 우리의 일과였다.

    함께 여러 번 산책을 했지만 식물 외에 다른 이야기를 하지 않았다. 서로에게 부담이 될까 봐 택한 작은 배려였다. 그 거리감이 좋았다.

    고급반 과정이 끝나고 '살구나무 숲 워크숍'이라는 핑계로 일 년 만에 제주에서 재회를 했다. 우리는 들에 핀 꽃 한 송이를 보려고 시도 때도 없이 고개와 허리를 숙였다. 인간의 손을 타지 않은 자연의 숨결을 들여다보느라 십 미터를 가는 것이 쉽지 않았다. 꽃들은 아무리 작더라도

무릎을 꿇지 않는다지만, 우리의 무릎은 그 작고 꼿꼿한

존재 앞에서 한없이 나약해졌다.

계속해서 새로운 것을 시도한다는 건
줏대가 없는게 아니라 안혀 있던 사고를
확장해 나가는 것이라 믿는다.
한 그루의 나무로 위엄을 뽐어내는
사람이 있는가 하면 씨앗을 이러저리
뿌려 자연만의 정원을 만든 사람도
있는 것처럼.

#47

취미가 많아진 내게 사람들은 "그걸 다 어떻게
하세요?"라고 묻는다. 의무적으로 해야 하는 일이었다면
지속하지 못했을 것이다. 하지만 취미는 비어 있던 나를
채우는 과정이었기에 기꺼이 하고 싶은 일이었다.

위빙은 시간을 엮고,
압화는 시간을 멈추고,
목공은 시간을 쌓는다.

위빙으로 흩어져 있던 마음을 엮고,
압화로 무심코 지나쳤던 과거를 되돌아보고,
목공으로 무엇을 만들 것인지 생각했다.

시간의 결을 매만지며, 비로소 내가 차오르기 시작했다.

＃48

삼촌과 숙모가 베트남에서 열리는 결혼식을 보러
가자고 했다. (숙모는 베트남 사람이다.) 숙모는 예비
부부의 주선자로 참석을 하는 것이었지만, 나는 생판
모르는 사람의 결혼식을 보러 가는 것이었다. 물론 여행을
좋아하는 내가 마다할 이유는 딱히 없었다.

우리의 목적지는 베트남 남부의 '껀터'로 호찌민에서
네 시간 정도 떨어진 곳이었다. 공항에는 예비 신부와
그의 가족이 마중을 나왔다. 우리는 열흘간 그들의 집에서
머물기로 했다.

개발이 덜 된 황량한 아스팔트 길을 달리자 거대하고
생명력 넘치는 식물들 사이로 작은 강을 낀 마을이 보였다.
예비 신부의 집은 조상신 재단이 있는 거실, 주방, 두 평
남짓한 작은 방 두 개와 화장실이 전부였다. 예닐곱 되는
가족들은 삼촌과 숙모, 나에게 각각 방을 나눠 주고,
본인들은 창문도 문도 없는 거실에서 모기장을 치고 지냈다.

덥고 습한 날씨를 털털털 돌아가는 선풍기로 버텨야
했다. 에어컨이 간절했지만 그늘에 들어가는 것으로

만족해야 했다. 어느 날에는 아침에 양치를 했는데
물탱크에 물이 없어서 흙탕물만 나왔다. 혹시나 이를 닦는
동안 깨끗한 물이 나오지 않을까 기대를 하면서 십여 분
넘게 양치질을 했다. 내 바람은 이루어지지 않았다. 이러다
잇몸이 헐겠다 싶을 때 두 눈 딱 감고 입을 헹궜다. 얼굴과
머리 감기는 도저히 용기가 나지 않아 다음을 기약했다.

#49

　예비 신부인 '타오'와 신부의 남동생 '바오', 그들의
사촌 동생들은 나를 '예쥔(예진)'이나 '옹니(언니)'라 부르며
살갑게 굴었다. 의사소통은 구글 번역기로 했다. 번역기로
대화하면 집중을 하지 못해 금세 할 말이 떨어지는데
이들과는 다섯 시간이 지나도 이야기가 끊기지 않았다.
종종 번역기가 오류를 낼 때마다 우리는 손짓발짓으로
어떻게든 대화를 이어 나갔다.

　숙모와 타오는 멀리서 온 손님이라며 잘 대접해 주고
싶어 했다. 우리는 새벽시장을 구경하러 가고 길거리에서
군것질도 했다. 옷 가게에 가서 베트남 전통 의상인
'아오자이'도 선물 받았다. 동네 네일 아트숍에서 네일
아트도 받게 해 주었다. 네일 아트를 처음 해 보는지라 가장
무난한 도안을 골랐는데 어쩐지 내 손톱에는 샤넬 로고와
화려한 큐빅, I love you 같은 문구들이 박혀 있었다.

#50

처음 만난 사람과도 금방 친구가 되는 활기찬 타오와 달리 그녀의 남동생 바오는 수줍음이 많아 눈을 맞추고 대화를 하기까지 나흘 정도 걸렸다. 대신 늘 뒤에 서서 내가 위험한 곳에 가지 않도록 지켜보았다. 낮에는 길가의 돌멩이를 치우고, 밤에는 넘어지지 않도록 불을 밝혀 주었다. 덕분에 나는 별처럼 빛나는 수많은 반딧불이를 볼 수 있었다.

평생 장녀로 살아서 종종 막내의 삶은 어떨까 상상해 본 적이 있다. 그런데 베트남에 온 이후로 매일 보살핌을 받으니 막내가 된 것 같은 기분이 들었다.

그들의 배려 덕분이었을까. 신기하게도 하루하루가 지날수록 불편함이 수그러들었다. 한 공간에서 모기장으로 구역을 나누고 잠드는 것도, 화장실을 같이 쓰는 것도, 동그란 식탁에 빙 둘러앉아 여러 사람과 마주 보며 밥을 먹는 것도 익숙해졌다.

여행을 하다 보면 마음의 폭이 조금씩 넓어진다. 낯선 땅에서 지내다 보면 내가 알던 세계가 생각보다 좁았다는 것을 선명하게 깨닫는다. 누군가 '여행은 길 위에서 배우는 학교'라고 했던가. 나에게 여행은 걸음을 옮길 때마다 조금 더 낯설고 따뜻한 방향으로 이끌어 주는 학교일 것이다.

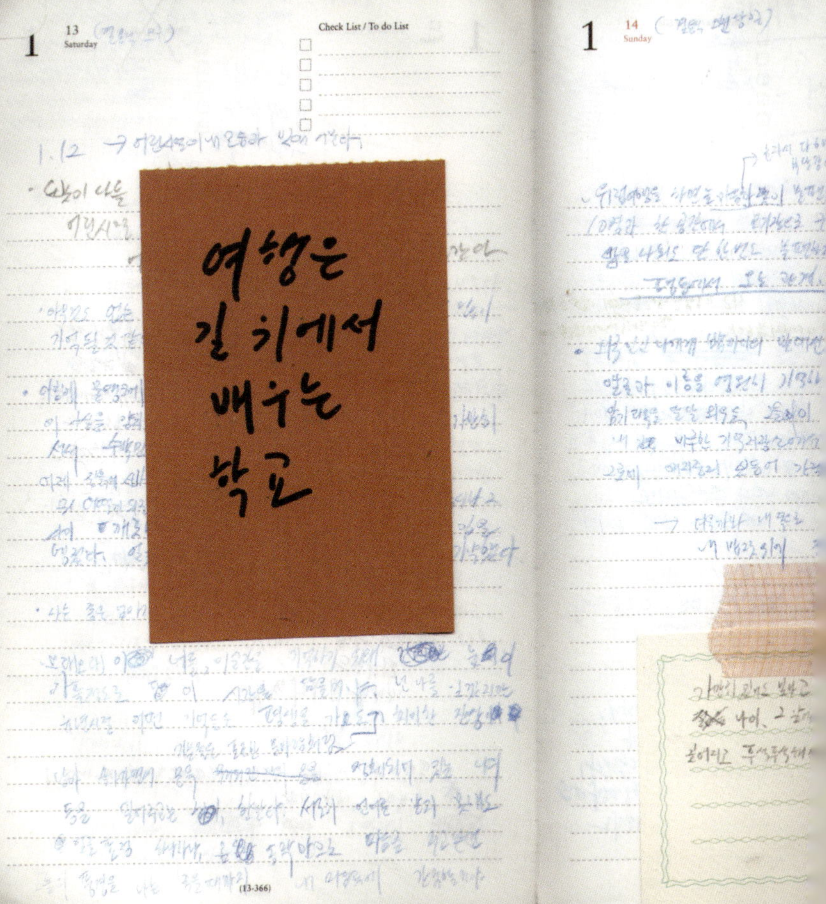
여행은
길 위에서
배우는
학교

#51

이곳은 결혼식 전날 저녁에 가족, 친척, 친구들을 초대해 피로연을 열고, 다음날 이른 아침에 결혼식을 진행한다.

오전부터 동네 사람들과 가족이 모여 잔치 음식을 준비했고, 한쪽에는 결혼식을 도와주는 이벤트 대행사 사람들로 북적거렸다. 나는 도움이 되지 못하는 것 같아 사람들이 없는 곳으로 가 조용히 앉아 있었다. 그때 누군가 내 어깨를 두드렸다. '빳(타오의 사촌 동생)'이었다. 빳의 뒤에는 네댓 명의 아이가 개구진 표정으로 나를 바라보고 있었다. 같이 놀자는 뜻이었다.

나는 가지고 있던 일기장을 찢어 종이비행기를 만들었다. 아이들 코끝을 향해 비행기를 날렸다. 비행기는 멋지게 공중에서 빙글 돌다가 땅으로 툭 떨어졌다.

"어느 비행기가 더 멀리 나는지 시합할까?"

아이들은 멋진 장난감을 만난 듯 함성을 지르며 너도나도 북북 찢은 일기장을 한 장씩 받아 갔다. 평평한 땅바닥에 쭈그려 앉아 종이접기를 하는 아이들 사이로 빳이 보였다. 빳은 너른 돌에 종이를 펼쳐 놓고 가만히 앉아 있었다. 가까이 다가가 보니 종이가 축축하게 젖어 있었다. 종이비행기를 날리다가 물에 빠뜨린 것 같았다. 그 모습이 너무 귀엽고 사랑스러워 카메라를 들었다.

쉴 새 없이 셔터를 눌러 아이들의 모습을 담은 후 노트북에 카메라 메모리 카드를 꽂았다. 아이들에게 방금 찍은 사진을 옆으로 넘기면서 보라고 알려 주었더니 무척 즐거워했다. 서른 장도 채 되지 않은 사진을 삼십 분 넘게 보며 깔깔거리는 모습을 보니 집에 두고 온 폴라로이드가 눈앞에 아른거렸다.

"사진 인화해서 꼭 가지고 올게."

이 약속은 지금도 지키지 못하고 있다. 주지 못한 선물이 마음의 짐처럼 쌓여 간다.

빗이 그린 그림.
기억하고 싶은 이름들

em tên là

YETIN

① Bbot

② Bao

③ Tao

④ phương Quyên

#52

폭풍 같던 결혼식이 무사히 끝났다. 이제 남은 것은
신혼부부의 웨딩 촬영. 스튜디오는 호찌민에 있었는데 이를
핑계로 나흘간 호찌민 여행을 떠났다.

촬영하는 동안 바오와 카페도 가고 밥도 먹으며 관광을
했다. 마침 근처에는 예쁜 공원을 품고 있는 추모 기념관이
있었다. 숙모의 언니분과 바오는 차에 있겠다고 해서 나
혼자 기념관과 공원을 구경했다. 시간 가는 줄 모른 채
사진을 찍고 있는데 멀리서 바오가 뛰어왔다. 한참을
기다려도 오지 않아서 납치라도 당한 줄 알았다며 머쓱하게
웃었다. 바오는 내 뒤를 조용히 따라다녔다. 나는 미안하다고,
옆에 있어 주지 않아도 된다고 말했다.

"괜찮아."

바오는 손사래를 치며 어눌하지만 또박또박 말했다.
'괜찮아'라는 말이 이리도 따뜻했나 싶어서 사탕을
음미하듯 입안에서 읊조렸다.

바오는 보여 주고 싶은 장면이 있으면 내 어깨를 툭툭 친 다음 눈을 맞추고, 어딘가를 가리켰다. 그곳에는 비행기가 지나가거나 길고 큰 다리가 있었다. 베트남에 온 이후로 이런 진귀한 마음을 자주 마주했다. 한여름의 열기 속에 살면서도, 그들의 마음은 누구의 발자국도 닿지 않은 눈밭 같았다.

한국으로 돌아가는 날, 이곳에 처음 왔을 때처럼 거실에 있는 재단을 향해 인사를 하고 돌아섰다. 바오가 핸드폰에 뭔가를 적고 있는 것이 보였다. 부담스럽지 않도록 모른 척했다. 내 곁에서 한참을 서성거리던 바오는 인사말이 적힌 번역기를 조심스럽게 보여 주었다.

나는 바오에게 다시 만나게 된다면 내 카메라 중 한 대를 주기로 약속했다. 바오는 나에게 인사를 한 뒤 오토바이를 타고 학교로 갔다. 배웅을 하려고 수업 중 그 먼 거리를 달려온 것이었다.

보통은 여행이 끝나면 필름부터 스캔하지만 이번에는 하지 않았다. 필름 안에 잠들어 있는 시간을 섣불리 깨우지 않고 싶었다. 베트남에서의 온기가 희미해질 즈음 천천히 들여다볼 것이다.

열려있는 마음으로 볼 것인지.
닫힌 마음으로 볼 것인지.
세상을 어떤 눈으로 바라보느지에
따라 나의 지도의 크기가

달라진다.

CÀ PHÊ
MISTEL
MINH
0913.982.192

#53

친구들에게 여행을 다녀와서 가장 기억에 남았던
장면이 무엇이냐 물으면 열에 아홉은 사소한 일상 중
한순간을 뽑는다. 비를 피하려고 들어간 카페에서 마신
따뜻한 라테, 숙소에서 만들어 먹은 요리, 산책을 하다 만난
길고양이들, 공원 잔디에서 즐긴 낮잠, 자전거를 타고 달린
해안도로, 빈티지 숍에서 찾은 딱 맞는 옷, 이동하면서 읽은
책, 한 그루의 나무, 바람을 타고 오는 사람들의 웃음소리,
매일 뜨고 지는 중에도 늘 다른 감정을 불러일으키는 태양.
　가느다란 실과 같은 순간이 모여 삶을 직조한다. 지금
보고 듣고 느끼는 것들이 나를 만드는 것처럼 결국 나를
살게 하는 것은 일상적인 보통의 것들이었다.

#54

나에게는 위로 열세 살의 나이 차가 신경 쓰이지
않을 정도로 친한 친구가 있다. 육 년 전, 우연히 방문한
강원도 영월 숙소의 호스트였던 '혜영'님은 지금까지 동네
친구처럼 편하게 만나는 사이다. 그녀는 평일이 되면
서울로 올라와 이십 년 동안 해 온 메이크업 관련 사업과
책방을 운영하고, 주말에는 영월로 돌아가 에어비앤비
숙소를 돌본다.

내 주변 사람 중 가장 다채롭게 살아온 혜영 님은
그간 쌓인 경험을 토대로 여러 조언을 들려주고는
했다. 그래서인지 나는 혜영 님에게 깊은 고민을 잘도
털어놓았다. 한 번은 풀 수 없는 고민을 마음에 안고 며칠
동안 끙끙 앓은 적이 있다. 그 모습을 보더니 남인도에 가
보라고 권했다. 다녀 본 여행지 중에서 마음을 알아가는
데 최고였다면서. 순수한 사람들이 나눠 주는 정이 있고,
아무 식당에 들어가도 비건 옵션이 있는, 무엇보다 고요히
요가를 하며 나를 돌볼 수 있는 장소라고 했다.

결국 우리는 인도에서 한 달간 여행을 하기로 약속했다.

보름은 요가 수업, 남은 시간은 혜영 님 일행과 함께 자유 여행을 떠나기로 했다. 우리는 한곳에 머무르며 매일 새벽마다 요가를 배웠고, 아유르베다 마사지를 받으며 독소를 제거했다. 바깥의 에너지를 받아들이고, 새로운 에너지를 만드는 데 집중했다. 자연스럽게 핸드폰을 멀리하고 눈으로 세상을 담으며 세상의 소리에 집중했다. 화장도 하지 않았다. 몸이 힘들고 지치면 가만히 누워 쉬었다. 컨디션을 파악하고 회복하며, 자연과 가까운 음식 위주로 섭취했다.

요가 선생님은 자신을 한계에 가둬 두지 않는다면 충분히 '머리 서기'를 할 수 있다고 말했다. 수업이 끝나고 텅 빈 공간에는 홀로 남아 머리 서기를 하는 예순의 수강생이 있었다. 한 번은 수업이 끝난 후 함께 아침을 먹으며 이야기를 나누었다.

"선생님은 머리 서기를 할 때 어떤 생각과 어떤 마음으로 하세요?"

그녀는 확신에 찬 목소리로 말했다.

"요가는 '무'인 상태에서 하는 행위에요. 해내겠다는 욕심과 잡념을 비우고 몸에 나를 맡겨야 해요. 생각을 하면 안 돼요. 머리 서기를 해야겠다, 잘하겠다, 어떻게 해야겠다고 생각하면 몸에 힘이 들어가서 넘어져요."

식사를 마치고 방으로 돌아온 나는 잠시 숨을 고른 뒤 요가 매트를 폈다. 그녀의 말을 되뇌어 보았다. 당장 머리 서기를 해낼 수는 없지만 오늘 배운 작은 동작 하나쯤은 이어가 보기로 했다.

내가 앞으로 나아가는 것인지, 제자리인지 구분되지 않는 순간이 올지 모른다. 그럴 때면 매일 습관처럼 하는 묵묵한 동작들 속에서 더 나아진 미래의 내 모습을 우연히 만나고 싶다.

#55

요가 수업을 들어갈 때마다 몸과 마음이 움츠러들었다.
동작을 잘 따라가지 못해서 수강생들에게 피해를 줄 것
같았다. 수업 전날에는 하루 종일 방 안에 틀어박혀 동작을
외워 갔는데, 그러면 한층 유연하고 부드러워진 몸으로
수업을 받을 수 있었다. 물론 숙련자와 비교하면 여전히
삐걱거렸다. 요가 선생님인 '자야'가 내게 와 말했다.

"남들이 잘한다고 해서 비교하려 하지 마. 너는 너야.
누구의 간섭도 훼방도 없이 살 수 있어. 네 몸은 준비가
되어 있는데 머릿속에는 '안 될 거야'라는 생각으로
가득하네. 이건 정말 쉬워."

요가는 물에 뜨는 법과 비슷하다. 몸에 힘을 빼면 된다.
아기는 미래와 죽음에 대한 불안과 걱정이 없다. 오로지
지금의 감각, 순간에만 집중해 현재를 살아간다. 아기처럼
공포와 두려움이 없는 상태에서는 무엇이든 해낼 수 있는
존재가 된다. 자야가 엔딩 크레딧을 올리듯 오늘의 수업을

마무리하며 이야기했다.

  "이곳에서 처음 본 우리가 가족이 된 것, 근무시간이
끝났는데도 인사를 나누기 위해 늦은 시간까지 자리를
지켜 준 호텔 매니저, 내가 원하는 방향으로 몸이 움직이는
것, 상대방과 상황을 통제하지 않는 것, 사람의 몸과 마음을
움직이게 만드는 것, 동물, 자연과 소통하는 것, 한계의 틀을
만들지 않는 것, 가능성을 열어 두는 것, 누가 잘하나 뽐내는
기술이 아닌 몸과 마음을 다른 사람들과 연결하는 것, 몸과
마음에 귀를 기울이는 것, 자기 자신을 바라보는 것. 그것이
요가입니다."

#56

인도 '트리수르'에 머물며 '케랄라 국제 연극제(ITFOK)'를
볼 기회가 생겼다. 오전 열 시부터 오후 일곱 시까지는
다양한 국가에서 온 열다섯 개 팀의 연극이 무대에 오르고,
밤에는 폭넓은 장르의 음악 공연이 펼쳐진다.

이 공연들을 보려면 입장권을 사야 하는데, 상인들이
표를 넘치게 판매해서 관객이 넘쳤다. 사람들은 관객석이
아닌 무대 바로 앞 땅바닥에 부대껴 앉거나 두 시간 넘게
벽에 기대선 채로 공연을 보았다. 그들은 이런 일이 일상인
듯 아무도 불평하지 않았다.

마지막 공연이 끝난 뒤 집에 가기 아쉬운 관객들이
작은 공터에 모여 자신들만의 무대를 만들었다. 한 남자의
선창이 신호탄이 되었다. 주변을 빙 둘러싸고 있던
사람들이 약속이라도 한 듯 나뭇가지와 빈 플라스틱 통을
바닥에 두드렸고, 트리수르 지역에서 전해 내려오는 동요를
불렀다. 비싼 음향 장비도, 멋진 무대 연출도 없지만 서로를
마주 보며 열창했다. 아이부터 노인까지, 그 자리에 모인
모든 이가 하나가 되는 순간이었다.

음악은 사람들을 단시간에 연결하면서 뜨거운 에너지를 선사한다. 사람들은 눈을 마주치면 친구가 될 준비를 하고 있었다. 춤을 추자고 먼저 손을 내밀며 자신들의 춤을 알려 주었다. 인생에 춤이라고는 없는 나였지만, 그들 덕분에 마음껏 몸을 맡겼다.

군중 사이에 끼어 연신 내 이마에 부채질을 해 준 사람, 트리수르에서 유명한 음식을 먹어 보지 못했다는 말에 근무 중에도 뛰쳐나가 먹을 것을 가득 사다 준 스타벅스 직원, 불꽃놀이 명당을 알려 준 학생들, 낯선 곳에서 온 여행자를 옆에서 조용히 지켜 준 사람들, 집에 초대해 과일과 음료를 마음껏 대접해 준 어느 가족들, 아무 대가 없이 노래를 부르고 학교에서 배운 무용으로 즉석 공연을 펼쳐 준 친구들까지.

그동안의 여행은 외로웠다. 도피하는 마음으로 떠났기 때문이었을까. 영영 도망치고 싶은 마음으로 겉돌던 나에게 트리수르 사람들은 잊지 못할 환대를 선물로 주었다.

"이곳에서 받은 사랑을 혼자 간직하지 말고 더 많은 사람에게 나눠 주세요."

마지막 요가 수업을 마무리하며 들은 자야의 말이 내 몸에 문신처럼 새겨졌다.

"아무것도 주지 않아도 돼.
대신 그들에게 계속
미소를 띠어줘.
미소에는 가격표가 없으니까."

* 고마움을 표하고 싶은데 줄수 있는게
없다고 말하자 자야가 한 말.

#57

숙소에서 쉬고 싶었다.

생소해서 시도조차 하고 싶지 않았다.

일정을 포기하고 집에 가고 싶었다.

인도에서의 여정은 어느 것 하나 쉽지 않았다. 흘러가는
물에 카약을 띄우듯, 물살에 노를 갖다 대듯 이 시간을
순리처럼 즐기자는 다짐도 요동치는 너울에 여러 번
뒤집혔다. 그럴 때마다 "킵 고잉(keep going)!"이라고 외쳤다.
덕분에 돈으로 살 수 없는 특별한 경험을 했다. 중도에
포기하지 않은 자에게 주는 트로피 같았다. 여행을 끝까지
마칠 수 있다며 격려해 준 친구들이 있었다. 그래서 한 발,
한 발을 떼며 완주할 수 있었다.

함께 걷자고, 춤추자고, 노래를 부르자고, 밥을 먹자고
먼저 손 내밀어 준 이들 덕분에 걱정했던 인도 여행을
매듭지었다. 여기서 받은 사랑을 배낭에 싣고, 내가 있어야
할 곳에 돌아가 나누고, 바닥이 보이면 또 다른 여행을
떠나야겠다.

#58

자야는 다섯 시간을 달려 공항으로 우리를 배웅하러

나왔다. 인도에 처음 당도했을 때 그는 여기 사람들은

특별한 상황이 아니라면 고맙다, 미안하다는 말을 하지

않는다고 우리 역시 그 말을 하지 말라고 당부했었다.

그런데 한국으로 떠나는 우리에게 그는 진심으로

미안하다고 말했다. 인도에서 만난 사람 중 우리를

돌봐주기 위해 사소한 것까지 챙겨 주고, 밤낮없이

뛰어다니며 노력한 사람은 자야였다. 그가 도대체 무엇

때문에 미안했는지는 여전히 알 길이 없다.

"우리는 헤어지지 않아. 이렇게 연결되어 있으니까.

이곳에 너희 집이 있으니 언제든 찾아오렴."

눈물이 쏟아졌다. 출국장의 차가운 경계를 넘어서던

순간, 그가 건넨 약속과 이별의 무게를 동시에 끌어안았다.

Dianella
tasmanica
Ixora
coccinea
자야가 만들어쓴
꽃 편을 앙과
Lantana Camara
Taraxacum
officinale
Pteridium
aquilinum

chapter 4. 낙화

#59

아주 어릴 적, 물에 빠진 적이 있었다. 그때의 공포는 시간이 흐르고, 수영을 배워도 좀체 극복되지 않았다. 다행히 일상을 위협할 정도는 아니었다. 그러나 바다에서 카약을 타기로 하고 바다 수영을 맞닥뜨렸을 때 잠자던 공포가 눈을 뜨고 실체를 드러냈다.

제주도에서 여름휴가를 보내고 있는 동안 아침과 점심, 매일 두 번씩 바다에 들어갔다. 함께 간 일행 덕분이었다. 그들은 스스로 적응할 수 있을 때까지 나를 기다려 주었다. 물에 뜨는 것보다 가라앉는 게 더 어렵다는 말로 다독이면서. 나를 두려움에서 조금씩 꺼내 준 덕분에 발이 닿지 않는 곳에서도 혼자 둥둥 떠 있을 수 있었다.

긴장을 풀고, 호흡을 유지하고, 가만히 있으면 자연스럽게 물 위에 떠오른다. 오히려 뜨지 않는 것이 힘들다. 무게 중심을 아래로 둬야 하는데, 가라앉으려고 할수록 떠오른다. 몸의 본능을 거스르는 일이다. 그저 내 몸과 물의 흐름을 믿으면 된다.

이제껏 주어진 과제도, 업무도 혼자서 하는 것이

익숙했다. 내 인생은 나만이 책임질 수 있다는 신념도
강했다. 이것은 어쩌면 억지로 물에 가라앉으려고 했던
것일지 모른다. 하지만 사람들과 함께하면서 나는 물 위에
뜬 것처럼 더 넓은 세상으로 나아가게 되었다. 혼자서 모든
것을 끌어안고 억지로 가라앉으려 했던 신념은 허물어졌다.
함께 하는 이들이 나를 깊은 곳에서도 자유롭게 띄워 주는
힘이 되었다.

안해보니까. 시도조차 해 볼 생각도 하지 않으니까
계속 내 한계를 단정짓지.
그동안 나는 노래를 부를때도 늘 내 목소리가 저음이라 판단해
남자가수 노래만 20년 가까이 불렀었는데
여자가수의 노래들을 몇년간 따라 부르려 시도해보니
진짜로 부를수 있게 되지 않았나.
앎도 마찬가지다. 몸을 쓰는 일도, 머리를 쓰는 일도.
계속 두드려야 나의 한계를, 편견을 깨트릴 수 있다.
하고자하는 마음과 할 수 있다는 다짐과
그로인해 행동하는 움직임은 우리를 생각보다
더 먼곳으로 너덩게 한다.

#60

다시 바다를 찾았다. 오랜만에 마주한 바다는 낯설게
느껴졌다. 두려움을 애써 무시하며 물에 들어갈 준비를
마쳤다. 천천히 움직이며 몸을 풀면 괜찮을 거라 생각했다.

바닷물을 팔에 조금 묻히자 오소소 소름이 돋았다.
차가운 온도가 어릴 적 물에 빠졌던 공포를 불러일으켰다.
어떻게 단시간에 초기화가 될 수 있나. 아등바등 이겨
내던 지난 시간은 어디로 증발했나. 어이가 없었다. 몸속에
팽팽하게 넣었던 자신감이 사라졌다. 나는 바람 빠진
튜브처럼 모래사장 위에서 한 시간 동안 멀뚱히 앉아
있었다. 진호가 수영을 하다 말고 물 밖으로 나왔다.

"서퍼들에게 똑같은 파도가 없는 것처럼 바다도
마찬가지야. 오늘 이곳의 바다를 처음 만났으니까 적응하는
데 조금 걸리는 것뿐이야. 결국 넌 또다시 해낼 거야."

진호의 다정한 응원은 가라앉아 있던 나를 다시
떠오르게 했다. 나는 곧장 바다로 들어가 헤엄을 쳤다.

긴 유영을 마치고 나오자 수평선 너머로 해가 걸렸다.

사방이 울긋불긋한 산호색으로 물들었고, 노을이 말을

건네는 듯했다.

이제 너는 뭐든지 해낼 수 있어. 그러니까 두려워하지 마.

긴 유영을 마치고 나오자 수평선 너머로 해가 걸렸다.

이탈리아를 떠나 스위스에 도착한 첫째 날, 처음부터 꼬
꼬인 날이었다. 로마 역에서 사기를 당해 기차를 놓치고
달려간 공항에는 예약에 문제가 생겨 하필 비행기 탑
전에, 목적지까지 걸어서 20분이나 소요되는 거리를
배낭을 메고 5분 안으로 뛰어서 도착해야만 했으며,
도착해 숨 좀 돌릴 겸 몽퇴르에서 산책을 하다가 갑자기
소나기에 물에 빠진 생쥐 꼴이 되기도 하고 마지막으로
향하는 기차를 잘 못 타기까지 했다. 안 좋은 일들은 왜
한꺼번에 몰려오는지, 잔뜩 심통이 난 얼굴로 오늘이
최악의 날이라고 생각을 하면서 환승하기 위해 스피츠에
내려 기차를 기다리다고 있었는데, 바로 역 앞에 있는
넓은 호수에 그림처럼 선명하게 뜬 무지개 하나가 지친
나에게 큰 위로로 다가왔다. 이 무지개를 만나기 위해
그런 역경을 이겨낸 걸까. 행복이란 참 이렇게 단순하게
내게는 가질 수도 없고, 굶주린 배를 채우지도 못한
무지개가 고단한 하루 끝에 받은 귀중한 선물같았다.

THE COME

: 내가 닿는 모든 곳에 행복길
할 필요 없이 다음에도

결국 넌
또 다시 해볼 거야!

#61

친구들과 함께 바다 수영을 하면서 문득 내 꿈은 직업,
지위, 명성이 아닌 어떤 순간에 도달하는 것이라는 생각이
들었다.

바다에서 자유롭게 헤엄치는 돌고래 떼, 수풀을 헤집고
나와 호수에서 목을 축이던 엄마 코끼리와 아기 코끼리, 그
풍경을 숨죽이며 바라보았던 순간, 물살을 가르고 헤엄쳐
오는 반려견 버들이의 모습, 침대 위에서 반려묘 밍고의
부드러운 털을 만지며 잠드는 매일, 마음껏 뛰어놀던 노견
도현이의 두 다리, 십 년 넘게 좋아하던 아티스트의 공연을
처음 보았던 순간, 카약을 타고 첫 출항을 했던 기억, 몇 년
동안 모으기만 한 캠핑용품을 개시했던 첫 캠핑, 내가 만든
것을 기꺼이 보러 와 준 사람들까지.

그러니까 나는, 자주 꿈을 이루며 살아왔던 것이다.

#62

여러 곳에서 인터뷰 제안이 들어왔다. 처음에는
얼결에 몇 번 수락했지만, 그때마다 고장 난 로봇처럼
버벅거리기만 했다. 답변을 끝내고 집으로 돌아오면서
소심함 때문에 망친 인터뷰를 떠올리며 창피해했다.

돌이켜 보면 성격 때문에 망쳤던 건 아니지 싶다.
현실과는 다른 멋진 나를 보여 주고 싶은 마음에
입이 떨어지지 않았던 것뿐이다. 그건 진짜 내 모습이
아니었으니까.

진짜 멋있어지는 순간에 인터뷰를 하기로 마음먹고
그때부터 장장 삼 년이 넘도록 거절을 반복했다.

'죄송합니다. 이번 인터뷰는 사정상 할 수 없습니다.'

어느 날 메시지를 보내려다 가만히 글자를
들여다보았다. 거절 뒤로 도망치는 내 모습이 보였다.
그 맨얼굴을 보니 뒷걸음질 치던 발이 절로 멈춰졌다.

‘두려워하는 것을 마주 보기’

‘인터뷰 제안 감사합니다. 인터뷰가 가능한 일정은……’

메시지를 누르는 손에 힘이 들어갔다. 전송을 누르자마자

인터뷰를 망쳐서 자책하는 모습이 떠올랐다. 메시지를

취소하려다 ‘마주 보기’를 주문처럼 외웠다.

인터뷰는 마음에 쏙 들 정도로, 안심이 될 정도로 잘

마쳤다. 입을 열 때마다 이렇게 자신이 있었나 싶을 정도로

놀라운 말을 쏟아 냈다.

지난 삼 년간 내가 누구인지 아는 시간을 가졌다. 나만이

할 수 있는 이야기를 늘 곱씹었다. 책과 생각에서 얻은 나의

언어는 조심스럽게 세상으로 걸어 나왔다.

조금씩, 아주 조금씩 두려움의 대상을 마주하고 이겨

내려 한다. 더 이상 물러서거나 비겁하게 숨지 않을 것이다.

#63

가면을 쓴 듯 갑갑한 느낌이 들 때는 일기장을 펼친다.
꾸밈없는 진짜 나와 인터뷰한다. 오직 내가 묻고 답하는
시간이다. 세상의 질문도, 타인의 시선도 끼어들지 못한다.
종이 위에서 한바탕 맨발로 뛰어논다. 내 안의 진짜
목소리와 마주하는 사적인 시간이다.

삶의 본질은 자신을 보존하고 확인하려는 의지 속에
있다. 보존은 멈춰 세우는 것이 아니라 나를 인식하는
일이다. 다시 말해 기록은 단순히 과거의 일을 쓰는 것이
아니라, 나의 기원을 현재로 불러와 다시 숨 쉬게 하는
과정이 된다.

세상에 무의미한 기록은 없다고 믿는다. 꾸준히 자기
방식대로 기록을 하다 보면 언젠가 등불이 되어 준다.
때로는 과거의 내가 현재의 나에게 질문을 던지고, 지금의
내가 그 질문에 뒤늦게 대답한다.

지금의 자리에서 나를 또렷하게 응시하는 조용한
인터뷰의 시간이 된다.

#64

돌고래가 보고 싶어 제주도에 갔다. 운이 좋으면 잠깐만 기다려도 볼 수 있고, 운이 나쁘면 한참을 기다려도 지느러미 하나 볼 수 없다. 나는 제주도에 도착하자마자 바다를 유영하는 돌고래를 만났다. 그다음 날도, 또 그다음 날도. 수면을 힘차게 뛰어오르는 돌고래를 마주하자 마음속 차올랐던 욕심과 불안이 사라졌다. 큰 세상에 돌고래와 나만 있다는 착각마저 들게 했다.

사실 제주도에 도착한 다음 날에는 돌고래를 가까이 보고 싶어 요트 투어를 신청했다. 들뜬 마음으로 숙소에 돌아와 돌고래 투어 후기를 찾아서 읽던 중 눈이 가는 글이 보였다. 돌고래 투어는 호기심과 사랑이 아니라 욕심과 탐욕이라는 것. 글을 다 읽고 핸드폰을 내려놓았다. 죄책감이 내 마음을 뒤덮었다. 돌고래 요트 투어는 취소했다.

지금 이 순간을 놓치면, 다시는 기회가 오지 않을 것 같다면, 그건 내 운명이거니 하고 받아들여야 한다. 어느 순간이 우리에게 자연스럽게 찾아오기를, 잔잔하게 기다릴

줄 아는 사람이 될 필요가 있다. 지나가면 지나간 대로,
인연이 아니면 아닌 대로.

#65

　과거의 연애는 억지로 끼워 맞추는 방식이었다. 서로의
우선순위에 들지 못한 채 목적지도 없이 멀리 떠내려갔다.
이별을 언급할 때마다 자해한 사진을 매일 보내 협박하던
연인도 있었다. 그렇게 몇 해를 보내는 사이, 오롯이 나답게
존재할 힘이 사라졌다.

　사랑이 무엇인지 알려 주는 사람을 만났다. 길가에
무수히 피어난 들꽃도 귀하게 여기는 사람, 밤이 있어야
별이 반짝인다고 말하는 사람, 초승달을 가리키면서 한입
베어 먹은 쌀과자 같다고 말하면 별은 과자 부스러기라고
웃어 주는 사람, 내가 더 많은 세상을 경험할 수 있도록
기꺼이 발이 되어 주는 사람, 뒤에 서서 그림자가 되겠다는
사람, 자연처럼 스스로 존재하라고 조용히 일러 주는 사람.

　진호는 늘 나에게 자신의 경험 중 가장 좋았던 것만
펼쳐 놓는다. 바다 수영과 천혜향이 그렇다. 어느 겨울,
동료에게 천혜향 한 개를 받았다면서 반쪽은 먹고,
나머지는 고이 두었다가 집에 가지고 왔다. 예쁜 접시를
꺼내 반쪽짜리 천혜향을 올려놓고 사랑스러운 얼굴로

건네주었다. 나는 가장 소중한 보물을 받은 것처럼 마음이
충만해지는 동시에 나로 살 수 있는 힘을 점차 길러 갔다.

#66

사이 좋은 부부도 종일 같이 있으면 싸운다고 한다.
Oth,를 같이 운영하는 진호와도 예외는 아니었다. 브랜드
운영에 차질이 생길 때마다 진호에게 "브랜드를 이끄는
사람은 나니까 이 방식이 맞아." 라고 말해 왔다. 그런데
돌이켜 보면, 진호의 의견을 따랐을 때 일이 순조롭게
풀리거나 품질이 더 좋아진 경우가 많았다.

진호와 시도 때도 없이 부딪히던 어느 날, 나는 대화의
온도를 조금 낮춰 보기로 했다. 우리는 서로 사랑하지만
태어난 계절과 자라온 풍경이 다른, 각자의 궤도를 가진 두
사람이다. 내 중력을 그에게 억지로 강요할 수는 없다.

내 생각과 선택이 무조건 옳다고 믿으며 살아왔다.
다른 견해를 가진 이들을 만나면 뒤돌아서 도망쳤다.
하지만 이제는 잠깐 숨을 고르고, 그 막막함 앞에 다시
선다. 외면했던 균열을 조심스레 살핀다. 오늘도 진호와의
소란스러운 대화 속에서 조용히 다짐한다.

#67

진호는 성적이 그다지 좋지 않은 야구 클럽에 사 년째 출석 도장을 찍고 있다. 경기를 뛰기 위해서 청주까지 내려가야 하지만 지치는 기색 하나 없다. 실력을 높이고자 고가의 개인 강습을 듣기도 했다. (일 년을 수강했으나 극적으로 바뀐 것이 없어 결국 강습은 해지했다.)

진호의 실력은 아주 조금씩 나아졌다. 하지만 팀원의 실력을 따라가지 못해 포지션이 좌천되기도 했다. 그때마다 군말 없이 자기 자리에 맞는 장비를 구매하고 묵묵히 다음 경기를 준비했다. 나는 그 모습이 답답했다. 맨날 지기만 하는 게임이 뭐가 좋냐, 시간이 아깝지도 않냐고 모진 말을 던졌다. 진호는 자기만족을 위해서라고 답했다.

"경기를 끝낼 때마다 조금씩 나아지는 내 모습이 보기 좋아. 그건 그렇고, 이번에 장비가 필요한데 용돈 좀 줘."

사람 좋은 얼굴을 하고 뻔뻔한 말을 잘도 뱉는다. 네다섯 시간이 넘은 거리를 운전하며, 흙먼지를 뒤집어쓰고도 좋다고 하는 저 무해한 성실함이라니. 세상의 기준으로는 도무지 계산이 되지 않는다. 여전히 그의 무모함을 이해할 수는 없다. 하지만 조용히 응원해 본다. 무언가를 순수하게 좋아하는 마음은 누가 대신 만들어 줄 수도, 해 줄 수도 없는 것이니까. 진호의 내면에서만큼은 계속해서 자신의 한계를 조금씩 이겨 내기를 바라면서.

* 참고로 진호네 팀은 매주 승리를 거머쥐는 팀으로 성장했다.

#68

바쁘고 정신없는 일이 한꺼번에 생겼다. 마감이 여러
개 있었고, 잠을 자지 못해 예민해져 있었다. 와중에
진호가 치우겠다던 냄비 안의 기름을 실수로 쏟아 버렸다.
수습하려면 시간이 오래 걸릴 것 같았다. 치우는 것은
나중으로 미루고 컴퓨터 앞에 앉았다. 하지만 모니터가
눈에 들어오지 않았다.

분노는 불꽃이 되어 속을 태우고, 주변으로 재를 날린다.
내 불꽃이 주변 사람들에게 옮겨 붙을까 침대에 벌렁
드러누워 억지로 눈을 붙였다. 일단 모든 것을 멈춰 보자.
이럴 때는 아침에 일어나 개운한 마음으로 다시 생각하는
게 상책이다.

다음 날, 일어나자마자 기름으로 범벅된 주방과 냄비를
닦아 냈다. 두 손 가득 기름 냄새가 배었는데 도현은
아랑곳하지 않고 나에게 얼굴을 문질렀다. 도현이의 털에도
기름 냄새가 스며든 것 같아 미안했다.

어지러운 집안에 그대로 있으면 마음도 흐트러지기
마련이니까 청소기를 돌리고 빨래를 했다. 활활 타오르던

집안이 조금씩 제자리를 찾아갈수록 마음도 숨을 고르며 안정을 찾았다. 불안과 짜증도 잦아들었다.

바깥세상의 압박으로 숨이 막힐 때는 퇴근길 제과점에서 산 딸기 케이크 한 조각을 비상약처럼 삼켰다. 이제껏 살아온 시간이 갑자기 먼지처럼 느껴질 때는 아무도 없는 자연을 찾았다. 떠오르는 태양을 보며 한참 동안 얼어붙은 마음을 꺼내어 놓았다. 스스로 괴롭히는 마음이 커질 때는 눈을 감거나 잠을 청하고 집을 치웠다. 파도처럼 요동치는 나의 마음을 잔잔하게 만드는 방법을 찾은 셈이다.

청소로도 풀리지 않을 때는 신발을 신고 집을 나서 긴 산책을 한다. 초록 잎이 물결처럼 일렁이는 곳으로, 사람이 적은 곳으로 향한다. 바람이 나뭇잎을 건반처럼 쓸어 내는 소리에 귀를 기울인다. 들에 핀 이름 모를 꽃을 보며 자연이 빚은 향기를 맡는다. 열심히 자신의 영역을 넓히는 동물 친구들과도 눈을 맞춰 인사를 나눈다. 그렇게 묵혀 두었던 긴 호흡을 천천히 풀어낸다.

#69

꽃은 성별과 나이의 경계를 넘어 순수한 기쁨을 준다. 꽃을 선물하며 주고받는 무해한 언어야말로 내가 꽃을 사랑하는 이유다. 그런데 꽃꽂이 수업을 받는 삼 년 동안 한편으로는 마음이 무거웠다. 수업 후 버려지는 꽃이 눈에 밟혔다. 누군가에게 선물 받은 꽃이 시들면 버리는 일도 편치 않았다. 그래서 꽃의 시간을 붙잡는 작업, 압화를 시작했다.

압화를 시작할 때 마음에 드는 도구를 찾을 수 없었다. 일명 벽돌로 불리는 무거운 책으로 꽃을 눌렀다. 스무 권에서 서른 권 정도 올려놓고 누르는 작업은 쉽지 않았다. 허리가 아팠고, 간혹 꽃이 잘 마르지 않아 곰팡이가 생겼다.

스스로 발견한 틈을 채워 보겠다는 의지로 0th, 이름을 걸고 압화 도구를 개발했다. 내가 압화 프레스를 내놓자 사람들은 작품을 팔지 않는 이유에 대해 궁금해했다. 단순했다. 이미 뛰어난 작품이 많았고, 기존 작품에 버금가는 상품을 만들 자신이 없었다. 여러 해를 보내며 관찰하며 깨달은 사실이었다. 그래서 '결과물'이 아닌

'과정'을 보여 주기로 했다.

압화는 결과물보다 과정이 즐거울 때가 많다. 마음에 드는 꽃을 만나면 오늘은 어떤 결과물을 얻을 수 있을까 기대하며 작업에 들어갔다. 결과물을 빨리 만나 볼 수 없기에 하염없이 기다려야 하지만 지루하다거나 조마조마하지 않았다. 오히려 즐거웠다. 이 마음을 많은 사람과 공유하고 싶었다. 작품으로 최고가 될 수 없다면, 누구나 압화를 시작할 수 있도록 길을 밝혀 주는 상점이 되자.

압화 프레스 덕분에 0th,는 성장했다. 고객의 능력을 끌어올릴 기회를 제공하는 브랜드로 변모한 것이다. 게임으로 치면 퀘스트를 완료하거나 게임 캐릭터의 능력치를 올리는 데 필요한 아이템을 판매하는 상점이다. 각자 다른 삶의 방향을 응원해 주고, 어쩌면 이런 삶도 좋을 수 있다는 동경을 심어 주기도 하고, 자신이 꿈꾸는 삶에 가까워질 수 있도록 도움을 주는 조력자. 브랜드는 고객을 빛나게 하는 조연일 때 더 강해질 수 있으니까.

기쁨을 만나러 가라는
말은 삶의 긍정을 찾아
떠나라는 뜻.

#70

압화를 처음 시작했을 때는 모든 것이 조심스러웠다. 그래서 얇고 작은 잎으로만 시도했다. 덕분에 성공률이 높아지면서 용기가 생겼다. 자, 그럼 한 해 동안 압화 포스터 열 개를 만들어 보자. 나는 자신감으로 충만했지만 현실은 달랐다. 한 장의 포스터를 제외하고 모두가 실패로 돌아갔다. 이유를 대라면 수십 장의 종이를 채울 정도다.

최종 단계에 이르러 완벽하게 공기를 차단하지 못한 날에는 잎들의 형태가 구겨지는 일이 허다했다. 압화의 첫 단계에서 꽃에 남아 있던 미세한 물기를 제거하지 못한 적도 있다. 꽃을 포갠 지류에 곰팡이가 퍼져 모든 노력이 허사가 되기도 했다. 한편 멋진 자태를 뽐내는 절화로 압화를 시도했는데 기대보다 훨씬 근사한 결과가 나오기도 했다. 온 동네에 자랑하고 싶을 정도로 좋아서 해가 잘 드는 자리에 보관했지만 얼마 지나지 않아 색이 바랬다. 볕 좋은 곳에서의 기쁨은 오래가지 못했다. (대부분의 계절 꽃은 날씨를 예민하게 탄다. 그래서 공들여 작업한 꽃이 실패하면 내년을 기약해야 하는 일도 있다.)

실패는 여전히 반복되지만 이제는 그 어긋남을 기꺼이 받아들인다. 이번 압화에서는 또 어떤 흔들림을 만나게 될까. 그 빗나감 속에서 두려움보다는 설렘이 찾아온다. 향기처럼 은은히 나오는 배움을 알고 있기 때문이다.

#71

꽃은 조심스러운 손길과 느린 마음 앞에서만 자신의 가장 아름다운 찰나를 허락한다. 잠시 눈을 돌리는 순간, 화려한 모습을 감추고 마술처럼 사라진다. 아무 일도 없었다는 듯이 고요해진다. 그 찬란한 순간을 어떻게 포착하고 간직할 것인가는 우리 손끝에 달려 있다.

#72

압화 도구가 세상에 나온 지 세 달쯤 지난 때였다. 압화를 주제로 한 전시를 열어 보자는 메일 한 통을 받았다. 그것도 지금 당장. 보통은 일 년 전, 적어도 몇 달 전에 제안을 받아도 고민을 했을 텐데, 나는 망설임 없이 승낙했다.

장소는 가을에 더욱 고즈넉한 경복궁 서쪽, 서촌에 자리한 '무서록'이었다. 백송 터를 품고 있는 연립 주택 이 층의 이곳은 흔히 떠올리는 전시장이 아니었다. 부엌 겸 거실 한 개와 세 개의 방, 나무로 된 창문틀과 카펫 바닥, 도토리색 스테인을 칠해 따듯한 온기를 머금은 천장까지. 가정집을 개조한 덕분에 친구 집에 초대받은 기분이 들었다. 관람객이 격식에 얽매이지 않고 평온하게 머물 수 있는, 모두가 어깨를 나란히 하고 0th,의 이야기를 천천히 즐길 수 있는 곳이기도 했다.

보름 동안 전시 주제인 '압화'와 내가 걸어온 시행착오를 담아 보고자 했다. 우선 제품과 함께 전시 공간을 채울 열 점 이상의 작품을 제작했다.

전시장에 들어서면 가정 먼저 '개화의 방'이 펼쳐졌다. 압화 도구의 제작 과정과 압화에 첫걸음을 내딛는 이들을 위한 이정표 역할을 맡았다. 조금 더 안쪽으로 들어가면, 까치밥나무로 방을 가득 채웠다. 바라보고 끝나는 전시가 아니라 손끝으로 체험하고 소장할 수 있는 공간이었다. 관람객이 직접 가지를 채집해 표본지에 붙여 보도록 구성했다. 그리고 천천히 발걸음을 옮기면 만날 수 있는 '씨앗의 방'. 이곳에서는 압화와 기록하는 방식에 관한 이야기를 건넸다. 마지막 '대지의 방'에서는 내 작업실을 재현했다. 압화 도구를 만들며 사용한 자재들, 브랜드를 운영하면서 도움받은 서적들, 세상에 나오지 못했던 샘플까지. 0th,가 걸어온 길과 고군분투한 흔적의 기록을 퇴적층처럼 차곡차곡 펼쳐 놓았다.

오랜 시간 동굴에 있다가 세상 밖으로 나가는 기분이었다. 준비하는 내내 곁을 지켜 준 얼굴이 차례로 떠올랐다. 이 전시는 그들에게 바치는 작은 헌사이기도 했다.

전시 첫날에는 주변 사람들을 초대했다. 아쉬운 점을 말해 달라며 부탁했고, 전시 기간 내 해결할 수 있는 부분이라면 곧바로 반영했다. 덕분에 전시장은 매일 조금씩 다른 얼굴을 보여 주었다.

　어느 날 꽃 수업을 함께 들었던 수강생이 전시장을 방문해 주셨다. 그녀의 손에는 직접 모은 계수나무잎이 한 아름 담겨 있었다. 달큰한 향을 혼자 누리기에는 아까워 전시장에 걸어 두고 관람객이 조금씩 가져갈 수 있도록 했다. 계수나무 향은 전시가 끝날 때까지 은은하게 퍼졌다.

#73

전시가 끝났다. 공간을 메웠던 전시물을 철수하고 텅 빈 무서록을 둘러보았다. 그곳을 서성이던 사람들의 눈빛과 발걸음이 떠올랐다.

전시의 마지막 관람객은 0th,를 모르는 분들이었다. 근처를 지나가다 우연히 포스터를 보고 들어 왔다고 했다. 그들은 공간을 둘러보고, 꼼꼼하게 메모를 읽고, 까치밥나무를 채집했다. 그 모습을 지켜보다 문득 이 시간이 어떤 이야기의 시작점이 될지도 모른다고 생각했다.

갈림길에 선 사람들, 막다른 길 앞에서 스스로 문을 만들어야 하는 사람들, 삶의 운전대를 쥔 이들에게 나는 어떤 표본이 되었을까. 그들에게 전시는 어떻게 닿았고, 나는 어떤 씨앗을 건넸을까. 사실 전시를 시작한 이유는 내가 받았던 용기를 씨앗처럼 퍼뜨려 나눠 주는 것이었지만, 씨앗을 받은 건 결국 나였다.

경복궁의 돌담길이 샛노랗게 물든 어느 가을날, 나는 그들이 준 선물을 내 숲에 심었다. 씨앗이 새싹으로, 꽃으로, 나무로 자라서 굳건히 지켜주리라 믿어 본다.

#74

과거에 수천만 원의 제작비를 들여 일 년 동안 준비했던 0th, 전시가 있었다. 내가 할 수 있었던 가장 큰 전시였지만 수익에서는 간신히 마이너스를 면했다. (전시 후로 번아웃이 심하게 찾아왔다.) 그런데 보름 만에 단돈 백만 원 이하로 준비했던 이번 전시의 반응은 역대 최고였다. (지난 시간 덕분이라 믿는다.)

열흘 동안 약 삼천오백 명의 관람객이 전시장을 다녀갔다. 주말에는 한 시간, 많게는 세 시간을 밖에서 기다려야 했다. 다섯 번 이상 재방문하는 관람객도 있었다. 마감 시간이 지나도 자리를 떠나지 못하는 이들, 전시 공간에 마음을 맡긴 사람들, 조용히 눈물을 훔치는 사람들이 보였다.

입소문을 통해 찾아왔다는 이십 년 경력의 압화 작가 선생님들, 거리에 붙은 포스터를 보고 들어왔다며 귀여운 엽서 세트를 양손 가득 구매하고 "너무 잘 보았습니다."라는 말씀을 남긴 할아버님, 작업자의 방 소파에 홀로 앉아 내가 쓴 노트를 두 시간 동안 읽어 주신 오십 대 남성분,

손자의 손을 잡고 온 할머니, 여름방학 숙제로 어머니가 만들어 주던 압화 작품을 추억하던 사십 대 여성분, '하고 싶었던 일'에 대해 다시 떠올렸다는 어머님들, 가지고 있던 네잎클로버를 핸드폰 케이스 안에서 뚝 떼어 내 처음 보는 나에게 기꺼이 내주며 "행운은 나눌수록 좋은 거잖아요."라고 말하던 분까지. 많은 얼굴과 이름들 덕분에 나는 전시장을 떠나지 못했다.

그들과 눈을 맞추고 대화를 나누느라 종일 의자에 앉지 못했지만 힘들지 않았다. 끼니를 걸렀지만 배도 고프지 않았다. 말을 더듬는 건 일상이고 사람들 앞에 나서기를 병적으로 두려워했던 나였지만, 좋아하는 일을 얘기할 때는 쉬지 않고 조리 있게 말했다. 말린 대추처럼 찌그러져 있던 용기가 햇빛을 받은 수박처럼 몸집을 키웠다. 눈가에 촉촉하게 눈물이 맺혔던 관람객을 보며 다짐했다. 이 브랜드를 지켜 내자. 다양한 사람을 품으며 다정함을 지키자. 우리의 이야기를 멈추지 말자.

Oth,를 시작한 뒤로 사 년 동안 오로지 이 순간을 위해 달려온 것은 아닐까. 이곳에서 사람들을 맞이하기 위해 Oth,가 태어났고, 힘들었던 지난날을 힘겹게 돌파해 낸 것은 아닐까.

No.
herbarium
Oth.
chrysanth emum
Daucus carota
Aster ageratoides
Hydrangea(1)
Hydrangea(2)
Astilbe
Mirabilis
2025. 7 - 9

나의 뿌리는 이 곳에 있다-

Date

chapter 5. 캐치의 방

#75

한 지붕 아래에서 일상을 공유하고 함께 살아가는 가족이 있다. 학교에서 처음 만났고 남자친구에서 지금은 남편이 된 '진호', 번식장에서 구출한 말티즈 '도현', 엄마에게 버림받은 길거리 출신 고양이 '밍고', 유기견이었던 리트리버 '버들이'. 이들은 오로지 사랑에 전념하는 놀라운 존재다. 매일 다양한 형태의 사랑을 내게 알려 준다.

도현이는 십오 년이라는 긴 시간, 헌신적으로 내 곁을 지켜 줬다. 밍고는 불안에 떨며 잠 못 이루는 내게, 정성껏 그루밍한 털을 만질 수 있게 몸을 내어 준다. 나는 털을 만지며 손끝에서 느껴지던 온기가 가슴께 다다를 즈음 스르르 잠이 든다. 버들이는 자신을 싫어하는 존재도 포용할 줄 아는 영리한 아이다. 산책을 하다 만나는 모든 사람에게 인사를 건네고, 자신이 가지고 있는 사랑의 씨를 그들의 옷자락으로 날린다. 도현, 밍고, 버들이는 대가 없는 사랑을 알려 주는 나의 선생님이기도 하다.

이들과 함께 외출하면 사람들은 보이지 않게 배려해

준다. 인사를 건네면 다정하게 받아 준다든지, 놀라게
하거나 발을 밟지 않으려 조심스럽게 움직여 준다든지.
감사한 마음에 환한 웃음으로 보답하다 보면 이 세상과
모든 사람이 소중한 인연처럼 느껴진다. 밖을 나섰을
뿐인데 주머니가 터질 듯 사랑을 담고 들어온다. 요즘 나를
움직이게 하는 것은 돈도, 명예도 아닌, 오롯이 사랑이다.

도현이와 잉고.

#76

도현이는 배려심이 깊은 친구다. 내가 머리 위로 손을

올려 쓰다듬으려 하면 재빠르게 귀를 뒤로 젖히고 머리를

내 손바닥 밑으로 들이밀었다. 산책을 나가면 늘 앞서서

걷다가 내가 뒤처지면 가던 길을 멈추고 기다렸다.

우리는 말하지 않아도 대화를 나눌 수 있었다. 도현이는

눈으로 나에게 말했다.

나 여기 있어.

어디 가지 않아.

여기에 너와 함께 있어.

도현이는 나이를 먹으면서 걸음이 느려졌다. 내

발걸음이 앞서고, 손에 쥔 목줄이 팽팽해졌을 때서야

알아차렸다. 숨이 턱끝까지 차올라도 열심히 뒤따라오는

모습을 볼 때마다 내 배려가 얼마나 부족한지 깨달았다.

어느 날, 산책하는 내내 도현이의 발걸음이 너무

느렸다. 지나가는 사람들은 "늙은 개"라고 말하며 동정심을

표현했다. 그날 밤 내 옆에 누워 잠든 도현이를 한참이나
쓰다듬었다. 작은 가슴안에 농구공 같은 심장 박동이
또렷하게 들렸다.

통, 통, 통

그 소리를 느끼며 털을 만졌다. 아침에 산책하며 쌓였던
화가 갑자기 터져 나왔다. 한 번도 늙었다고 생각한 적이
없는데. 도현이는 영원히 늙지 않는 아이인데. 털을 만지는
손이 빨라지고 힘이 들어갔다. 도현이는 언제나 그랬듯이
얌전히 내 손길에 몸을 맡겼다. 그러다 잠이 들었다. 다음
날 아침, 눈을 뜨자 도현이는 여전히 곁에 있었다. 도현이의
까만 눈에 절로 안심이 되었다. 밤사이 쌓였던 못난 감정이
순식간에 사라졌다.

어디 있다 이제서야 왔니.

어느 드라마에 나온 인자한 할머니가 잠든 손주의
얼굴을 쓰다듬으며 이렇게 말했다. 그 할머니는 손주가
성인이 되어서 흰머리가 나고 주름이 생겨도 똑같이

말할 것이다. 어디 있다 이제서야 왔냐고. 나는 손주를 둔 할머니의 마음으로 도현이를 바라보았다.

'사랑'이란 단어를 너무 많이 쓰다 보면 언젠가는 의미가 닳고 희미해져 사랑을 대체할 다른 단어가 필요하다고 생각했다. 그런데 내가 틀렸다. 사랑은 말과 행동 사이를 오갈수록 더욱 짙어졌다. 숙성된 과일처럼 달큰하고 좋은 향을 풍겼다. 더 깊어졌다.

도현이의 사랑은 나를 매일 새롭게 태어나게 했다. 내가 지켜 주고 있다고 생각했는데, 이 아이가 나를 구원해 주었다.

No.
herbarium
Oth,
Name
Date of Collection
Location
Collected By

No.   herbarium   (3) Oth,
(2)
(1)
Name
Date of Collection
Location
Collected By

No. 7   herbarium   Oth.
Name
Date of Collection
Location
Collected By

#77

노견이라는 것만 빼면, 그저 평온한 일상을 지내던 어느 날. 도현이의 목에서 피가 콸콸 쏟아졌다. 급히 피를 닦고 털을 잘라 내니 여드름 같은 것이 터진 듯했다. 서둘러 간 동물병원에서는 턱뼈가 녹아내리고, 안에서 곪다가 뚫린 것 같다고 했다. 정기검진에서 발견하지 못했던 일이었다. 발치를 해야 하지만 노견에게는 마취가 무리일 수 있다며 연고만 처방받았다.

매일 상처에 소독약을 바르고 붕대를 갈아 주었지만 상처는 아물지 않았다. 더는 이렇게 지낼 수 없어 수술 날짜를 잡았다.

발치를 하던 중 동물 병원에서 전화가 왔다. 목구멍 바로 앞쪽에 종양이 발견됐다고 했다. 암이었다. 종양은 손쓸 수 없을 만큼 크게 퍼져 있었다. 종양은 턱을 뚫고 나올 만큼 컸다. 도현이는 고통스러웠지만 참았던 것이다. 내가 털을 쓰다듬으며 잠들고, 함께 산책하며 즐거워할 때도.

"전염 속도가 너무 빨라요. 완치는 불가능해요.

항암치료를 하면 종양이 커지는 속도는 늦출 수 있어요.
그런데 항암치료가 워낙 공격적이라 도현이처럼 나이 많고
마른 아이에게는 독이 될 수 있어요.”

“저는 뭘 할 수 있어요? 뭘 해야 하는 거죠?”

“곁에 있어 주세요.”

곁에 있는 게 전부라니. 고민할 필요도 없이 항암치료를
시작했다. 우선 신장의 염증 수치를 낮춰야 했다. 한
달 동안 매주 병원에 가서 당일 입원도 해 보고, 꾸준히
약을 먹였다. 집에서 피하 수액을 놓으며 염증 수치가
떨어지기를 기다렸다.

매일 도현이의 수명이 늘어나기만을 바랐다. 아니,
이렇게 작별 인사를 나눌 수 있는 시간이 주어짐에
감사해야 하는 걸까? 누구에게? 각설하고 이렇게 된 거
도현이가 덜 고통스러웠으면 좋겠다고 생각했다.

도현이의 아픔을 몰랐던 내가 이런 말을 하는 것이
우스웠다. 그저 밥을 잘 먹이고 매일 산책길에 나서는 것.
도현이에게 주는 사랑만 있다면 우리는 충분히 함께 살아갈
수 있다고 믿었다.

#78

도현이의 병명은 '흑색종'이었다. 입안에 머물러 있던 종양은 순식간에 몸속 곳곳으로 퍼져 나갔다. 몸 위로 검은색 반점들이 그림자처럼 늘어났다. 동물병원 선생님은 치료를 받지 않을 시 두 달, 수술 후 항암치료를 하면 여덟 달 정도는 버틸 수 있다고 했다.

"……혹시 적어 주신 숫자가 남아 있는 수명인가요?"
"네…….."

준비를 해야 한다는 것은 짐작했으나 최소 네 번의 계절은 함께 보낼 수 있으리라 생각했다. 그런데 마지막 시간이 코앞일 줄이야. 더 좋은 방법을 찾아보자는 선생님의 말씀을 뒤로 하고 병원을 나왔다.
집까지 가볍게 산책하며 가기로 했다. 도현이는 진료와 검사로 진이 빠졌는지 걷지 않고 자주 멈춰 섰다. 나는 도현이를 안았다. 한 달 사이 일 킬로그램이나 빠진, 살이 잡히지 않는, 그저 뼈 위에 달라붙은 가죽 같은 몸을 끌어안고 집으로 걸어갔다.

병원에서 받은 선고가 신호탄인 것처럼 도현이의 상태는 갈수록 나빠졌다. 툭하면 쓰러졌고, 쓰러진 몸을 일으키지 못해 허공에 발을 허우적거리며 몸부림칠 때도 있었다. 때가 되었다는 듯 종양에서는 악취가 났고, 나는 도현이의 담요를 매일 갈아주는 것밖에 해 줄 것이 없었다. 다행인 것은 도현이가 여전히 산책을 좋아했다는 것. 막상 나가면 걷지 못해 내 품에 기댔지만, 똘망똘망한 눈으로 지나가는 풍경을 바쁘게 쫓았다.

도현이와 이별할 수 있을까. 그런 생각이 들 때마다 부러 일을 벌였다. 몸을 분주히 움직이면 생각이 멈췄다. 틈이 날 때마다 이별을 피해 다녔다.

도현이에게 피하 수액을 놓기 위해 바늘을 들고 서 있었다. 한참을 가만히 서 있는 내게 진호는 바늘을 빼앗으며 더 강해져야 한다고 말했다. 그의 주문은 통하지 않았다. 이내 두려워졌다. 주사를 놓는 일, 억지로 밥을 먹이는 일이 도현이를 위한 것인지 아니면 더 아프게 하는 것인지 구별되지 않았다.

상태가 악화되는 날만 있는 것은 아니었다. 약을 잘 챙겨 먹어서 그런지 씩씩하게 걸어 다니는 날도 있었다. 끼니를

거르지 않고 잘 먹을 때는 기분이 날아갈 것 같았다. 그래,
이렇게 하면 좋아지겠지. 아니, 좋아질 거야. 밥을 먹고 기분
좋게 드러누워 길게 하품하는 도현이가 보였다. 귀여운
입속으로 밥을 먹고 퉁퉁하게 살이 찐 검은 종양도 함께
보였다. 내가 마주해야 하는 실상은 이것이었다.

#79

　　암이 속도를 내기 시작했다. 그 바람에 모든 것이
빠져나갔다. 도현이의 체중과 털, 초롱초롱하던 눈빛,
그리고 희망까지도. 열다섯 해 넘게 내 곁을 그림자처럼
지켜 주던 존재. 한 생명체를 이토록 깊이 사랑할 수 있다는
것을 처음으로 알려 준 존재. 도현이를 보낼 준비를 해야
했다.

　　나의 일부를 강제로 도려내는 고통이 엄습했지만,
남은 시간을 슬퍼하고 괴로워하는 데만 소모할 수 없었다.
도현이를 아꼈던 이들을 불러 작별 인사를 가지기로
했다. 집에 찾아온 손님들은 도현이를 보며 슬퍼하고
안쓰러워했다. 손님인데 마음에 짐을 얹혀 보내기 싫었다.
노견이라서, 때가 됐다는 등의 말로 그들을 다독였다.
그러다 모두가 돌아간 밤이 되면, 그들의 슬픔이 내게
와 털썩 주저앉았다. 참으려 해도 쏟아지는 눈물 때문에
도현이를 안고 펑펑 울다 지쳐 잠들기를 반복했다.

　　눈물이 더 이상 나올 수 없을 때가 되면 웃으며 보내 줄
수 있을까? 손을 붙잡고 꼭 안아 주며 나를 새롭게 태어나게

해 줘서 고마웠다는 말을 전할 수 있을까? 우리 함께 만나야 할 세상이 너무 많은데, 아직 보낼 준비가 무엇도 되어 있지 않은데. 뭐가 그리 급해서 혼자서만 먼 곳으로 떠날 채비를 하는 건지.

우리는 아주 느린 작별 인사를 하고 있었다.

반려동물은 대부분 자신이 아픈 걸 올라요.
그래서 주인이 슬픈 표정을 자주 지으면
자기가 무언가를 잘못했다고 생각해요.
반려동물을 대신한 보호자의 선택은
서로에게 최선이에요.
그러니 아쉬움과 후회를 하지 마세요.
더어 오직 앞을 현재를 낭비하지 마세요.
대신에 아이가 없는 세상에서 언제든
사탕처럼 꺼내 먹을 수 있는 추억을
최대한 만드세요.

아프고 아쉬운 후회만 떠오른다면 얼마나
슬픈 일이겠어요.

그러니 즐거운 것만 생각나도록 추억을
만드세요.

　　　　　- 소연이를 봐 주신 수의사 선생님이
　　　　　　　　　내게 한 말

#80

너는 나에게 사랑을 알려 준 아이.

내 사랑이 끝날 때까지 영원히 늙지 않는 아이.

뙤약볕 아래 휴식을 선물해 주는 나무 그늘.

불꽃 같은 용기를 파종해 주는 농부.

단단하게 지탱해 주는 뿌리.

찢어졌던 마음을 꿰매 주는 수선사.

내 뒤를 지켜 주는 그림자.

나를 매일 새롭게 태어나게 하는 신.

예정된 수많은 죽음 중 너와의 이별은 나를 가장
고통스럽게 만드는 슬픔.

#81

도현이가 떠났다. 떠난 지 일주일이 지난 뒤에야 나는 겨우 글을 쓸 수 있게 되었다.

떠나기 전날, 도현이는 그간 먹지 않겠다며 속을 썩이던 밥을 다 먹어 치웠다. 오랜만에 컨디션도 좋은지 움직임에 활기가 보였다. 나는 염치도 없이 희망을 품고 내일 만나자며 잠에 들었다.

그날 처음으로 이른 아침부터 자신을 봐 달라는 것처럼 짖었다. 화들짝 잠에서 깨 일어나니 도현이가 발작으로 괴로워하고 있었다. 아침 일곱 시 첫 번째 발작. 삼십 분 뒤 두 번째 발작이 이어졌다. 도현이의 얼굴을 쓰다듬으며 내가 옆에 있다고, 무서워하지 말라고 다독였다. 그리고 끝내 하고 싶지 않았던 말, 너무 아프면 견디지 않아도 된다는 말을 꺼냈다. 어떤 무게의 말로 전달되는지 모르는 채로. 삼십 분 후 세 번째 발작이 시작되었고, 오 분 뒤 도현이는 허락을 받은 것처럼 내 품에 안긴 채 숨을 거뒀다.

이른 아침부터, 아니 어쩌면 지난밤부터 잠들지 않고 깨어 있는 상태로 나를 계속 바라보던 눈동자. 혼자서 몸을 뒤집지 못하면서도 마지막에는 나에게 향했던 몸. 얼굴을 쓰다듬으면 금세 잠들어 버리던 도현이가 그날따라 아무리 쓰다듬어도 눈을 감지 않고 계속 나만 바라보았다. 그것이 도현이의 마지막 인사였다는 것을 너무 늦게 알아차렸다.

숨결이 멎은 이후, 심장 소리가 완전히 멈출 때까지 도현이는 나에게 안겨 있었다. 시선은 여전히 내 얼굴로 고정된 채 눈도 감지 못하고…… 우리의 발길이 닿을 수 없는 곳으로 떠나버렸다.

팔 년 전, 처음으로 장만했던 카메라의 첫 셔터는 도현이를 향해서 터뜨렸다. 길게 하품하는 모습을 담은 도현이의 모습이 영정 사진으로 쓰일 줄이야. 화장터로 가기 전 도현이의 발목을 수없이 붙잡았다. 주변 호수를 산책하고 꽃도 따서 도현이에게 한 아름 안겨 줬다. 경직된 몸과 미동 없는 얼굴에 수시로 입을 맞췄다. 내가 귀찮게 굴면 으르렁거리던 모습이 보고 싶었다. 말랑말랑한 발바닥을 하염없이 쓸어내리기를 반복했다.

"이제 준비가 됐습니다."라는 말이 어찌나 안 나오던지. 누가 내 입술에 본드를 칠한 것 같았다. 화장을 위해 로비에 계신 장의사님을 불렀다. 하지만 우리가 있는 공간으로 영영 오지 않았으면, 문을 잠가 버리고 싶은 마음이었다.

추모실을 나가는 도현이를 한 번 더 붙잡고 내 품에 안아 작은 목소리로 마지막 인사를 건넸다.

"잘 갔다 와. 여기에서 …… 기다릴게."

도현이는 모퉁이 뒤로 사라져 화장터 안으로 들어갔고, 그 삶을 담기에는 한없이 작은 함으로 돌아왔다. 이 킬로그램의 무게로 측정할 수 없는 사랑. 성격 급한 나를 닮지 말라고 그렇게 부탁했건만, 도현이는 끝까지 내 말을 듣지 않았다. 분명 두 달을 선고받고 이제 겨우 한 달을 넘겼을 뿐인데. 갑작스러운 이별에 오랜 시간 준비했던 말을 하나도 하지 못했다. 목소리를 잃은 사람처럼 입을 꾹 다물었다. 생각해 보면 도현이에게 마지막으로 하고 싶었던 말은 "견디지 않아도 된다."가 아니었다.

너를 보살피는 동안 하나도 힘들지 않았어. 사랑을 알려 줬던 너에게 진 빚을 조금이라도 갚을 수 있어 기뻤어. 다음 생에서는 이렇게 아프지 마. 내가 줄 수 있는 가장 큰 사랑을 줄 테니 내 아이로 태어나 줘. 너도 그러기를 바란다면 꼭 다시 나에게 와 줘. 그럴 수 있지, 도현아.

터치 한 번으로
이미지가 생성되는
시대지만, 필름사진보다
더 번거롭고 아픔을 감수
하더라도 소중하게 남기고픈
순간들이 있다.
이를테면 너나 내가
마지막으로 남길 그
날의 아침 같은 것.

#82

도현이가 떠난 이후 내리 잠만 잤다. 눈을 뜨나 감으나 수시로 도현이가 사그라드는 모습이 반복되었다.

도현이는 가족과 상의도 없이 부모님이 데리고 온 강아지였다. 하지만 바쁘신 부모님 대신 도현이를 돌보는 것은 내 몫이었다. 그러다 내가 독립하면서 도현이는 나와 서울에서 쭉 살았다.

도현이를 떠나보내고 눈을 뜰 때마다 부모님을 원망했다. 그러다 감정이 잦아들면 부모님 덕분에 도현이를 만나 진정한 사랑이 무엇인지를 배웠다고 생각했다.

도현이가 떠난 당일 밤, 남동생에게 전화가 걸려 왔지만 잠을 핑계로 받지 않았다. 엄마의 연락도 마찬가지였다. 일주일 뒤, 평소 연락하는 법이 없던 아빠에게서 전화가 왔다. 나는 도현이의 흔적을 봐도 더 이상 눈물이 나오지 않았고, 안부를 묻는 아빠에게 괜찮다고 답했다. 그런데 아빠는 "마음이 너무 찢어질 것 같은데. 나는 괜찮지 않다."라고 답했다.

살면서 처음 마주한 아빠의 연약한 모습이었다. 불쑥

눈물이 쏟아졌다. 치부를 들킨 것 같아 괴로웠다. 딸의 눈물을 마주한 아빠는 안절부절못하며 미안해했다.

도현이의 유골은 혜영 님의 도움을 받아 영월에 묻어 주기로 했다. 다 죽어 가던 식물도 뿌리를 내리면 하늘 무서운 줄 모르고 자라는 곳. 따뜻하고 바람이 잘 들어 뭐든 풍족하게 자라는 비옥한 땅. 목줄을 하지 않고 자연을 품은 채 자유롭게 마음껏 뛰어놀 수 있는 드넓은 곳에 도현이는 잠들었다.

살면서 제때 마주하지 못한 마음은 늘 뒤늦게 자라서 단단하고 풀기 어려운 매듭으로 돌아왔다. 그래서 이번만큼은 피하지 않기로 했다. 도망치는 것에 익숙했던 내가 도현이를 향한 마음의 그림자를 끝까지 따라가 보기로 했다. 매일 그리워하며 글을 썼고, 눈물이 쏟아지는 만큼 도현이를 천천히 놓아 주었다. 그렇게 묶여 있던 매듭을 풀어내고 나면, 조금은 개운해졌다.

글을 쓰는 일은 나를 슬픔에서, 불안에서, 고통에서, 두려움에서, 회피에서, 정념에서, 비겁함에서, 속박에서, 곤궁함에서, 책망에서 해방시켜 주었다. 마침내 사랑받는 법을 알았고, 그 사랑을 마음에 새기면서 무너지지 않는 방법을 배워 나갔다.

#83

도현이가 떠난 뒤 병원비로 나갔던 신용카드 연체료와 여러 사고가 파도처럼 밀려왔다. 버티기 어려울 것 같은 감정이 나를 집어삼키려 할 때면 사람들이 만들어 낸 이야기 속으로 숨어들었다. 그렇게 책, 영화, 만화는 피난처가 되어 갔다.

한 번은 교통사고가 난 적이 있다. 사고를 처리하는 과정에서 머릿속을 채웠던 것은 기형도 시인의 시집이었다. 무의식이 마음의 안정을 위해 힘을 쓴 것이었을까. 지친 몸을 이끌고 집으로 돌아오면 무작정 시집을 펼쳤다. 시인의 목소리에 몸을 기대면서 나는 확신했다. 좋아하는 작가의 신작을 기다리고, 좋아하는 애니메이션의 다음 화를 보기 위해, 좋아하는 가수의 새 앨범을 기대하는 삶. '다음'을 기약하는 마음과 이야기에는 삶을 지탱하는 힘이 깃들어 있다는 것을.

그 사소하고도 위대한 기다림 덕분에 나는 오늘도 무너지지 않는다. 현실에서 벗어나기 위해 숨어든 이야기 속에서 아이러니하게도 더 나은 삶을 살아야겠다고

다짐한다. 건강한 몸으로 다음 이야기를 기다리고, 그
세계를 환대하기 위해 수십 번 흔들리는 마음을 붙잡는다.

#84

힘든 감정을 털어 내고 나면 별것 아닌 일처럼 느껴질 때가 있다. 실컷 울고, 분노하고, 슬퍼하고, 질투하고, 우울해하고, 체념하고, 충분히 괴로워하고, 오래 응어리졌던 것을 쏟아 내면 한결 개운해진다. 허물이 벗겨진 나의 진짜 얼굴을 마주한다.

신기하게도 감정은 그 존재를 인정해 주는 순간부터 사그라든다. "어쩌겠어. 그냥 사는 거지 뭐."라는 초연함이 남는다. 나를 전부 태워 버릴 것 같던 불씨가 잦아들고, 현재 상황에서 할 수 있는 최선을 찾는다. 글을 쓸 때마다 머릿속에 자욱했던 안개는 조금씩 걷힌다. 보이지 않던 길이 드러난다. 그렇게 다시 내 삶에 집중한다.

밤이 지나야 아침이 오고, 태풍이 지나가야 맑은 하늘이 열린다. 괴로움을 회피하는 것은 제자리걸음만 반복할 뿐이다. 결국 자리로 돌아와 고통을 응시하고 감내하는 사람만이 삶을 더 촘촘하고 단단하게 직조한다.

#85

　사람들 앞에 나서는 것을 끔찍이 두려워하던 내가 '문화역 서울284'의 백 주 년을 기념하여 시아노 타입 (cyanotype. 감광 용액을 종이에 바른 뒤 사물을 올려놓고, 자외선에 노출해 사물의 형상을 남기는 고전 사진 인화 기법)에 대한 원데이 클래스를 이틀 동안 진행하게 되었다.

　하지만 시작부터 순탄하지 않았다. 소통 오류로 수강 인원은 예상보다 두 배나 많아졌고, 빛이 잘 든다던 공간은 주변 건물에 막혀 있어 빛이 들지 않았다. 결국 수업 과정을 급히 바꿔 소형 UV램프를 활용해야 했다. 준비한 대본도 제대로 소화하지 못했다. 변수가 자주 일어났고, 대응도 미흡했다. 결과물은 제각각이었다. 그동안 정확한 값을 찾아내지 않고 우연에 기대어 작업했던 것이 원인이었다.

　당장이라도 숨고 싶었지만 도망칠 수 없었다. 또다시 우왕좌왕하는 모습을 보여 주고 싶지 않았다. UV램프로 수강생 작품 위에 빛이 골고루 퍼질 방법을 고안하고, 종이 위에 바르는 감광 용액의 정확한 용량을 계산했다. 부끄럽다는 이유로 계속 숨어 버린다면 나는 딱 거기까지인

사람인 것이다. 실패의 기록을 종이 위에 남기며, 다가올
마지막 수업을 준비했다.

　긴장감에 맞이한 두 번째 수업은 거짓말처럼
순조로웠다. 수강생의 작업물은 저마다 선명한 푸른빛을
띠며 성공적으로 인화되었다. 수업 분위기도 전과 사뭇
달랐다. 반짝이는 눈빛, 재미있었다며 건네받은 따뜻한
인사까지. 언제 다시 올지 모르는 다음을, 나는 그렇게 다시
또 기약했다.

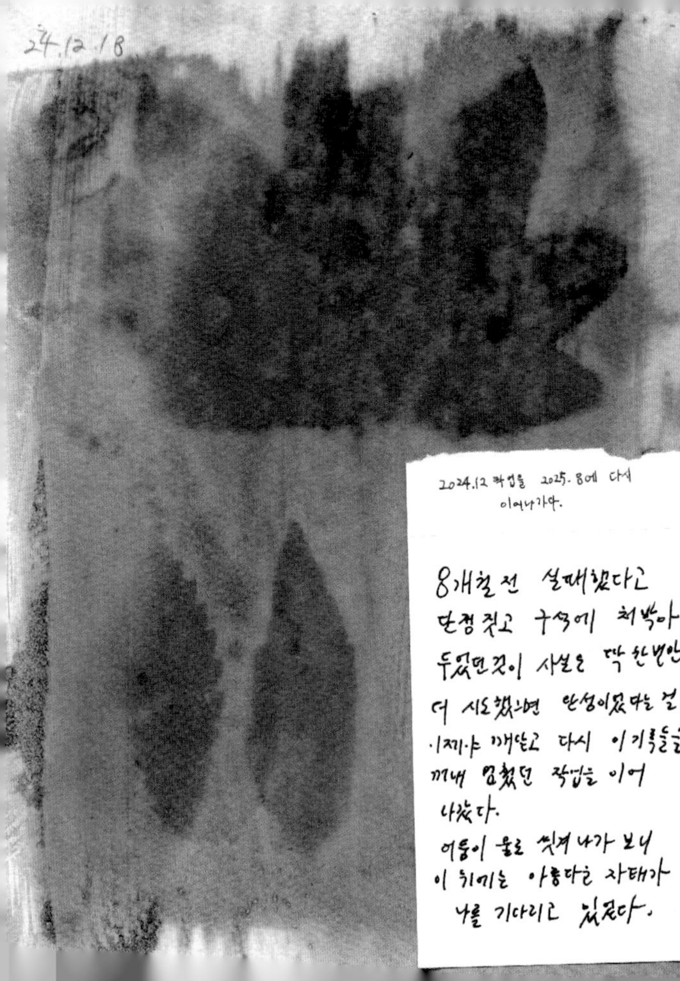
24.12.18

2024.12 막업을 2025. 8에 다시
이어나가다.

8개월 전 실패했다고
단정 짓고 구석에 처박아
두었던 것이 사볼을 딱 한 번만
더 시도했으면 완성이었다는 걸
이제야 깨닫고 다시 이 기록들을
꺼내 멈췄던 작업을 이어
나갔다.
어둠이 물로 씻겨 나가 보니
이 뒤미는 아름다운 자태가
나를 기다리고 있었다.

① 실패했다고 바로 휴지통에 버려지 말 것.
실패를 낱낱이 분석, 파헤치는 과정을
꼭 가질 것. → 쓸모없는 경험은 없고
작은 발견도 배울점이.
우수히 많이게

② 지속가능한 작업로는 열정만 가지고 살 수 없다.
오래가고 싶어면 제대로 된 시스템 때믄.

Epilogue. 겨울은 시련이 아닌 안전한 출발 기간

나는 자주 포기하는 삶을 살아왔다. 참을성이 없고 성격이 급해 원하는 수준의 결과물이 빨리 나오지 않으면 매번 화를 주체하지 못하고 그만두어 버렸다. 자주 멈추다 보면 나를 돌아볼 법도 한데 그렇지 않았다. 자존심을 핑계로 '이건 나와 맞지 않는 일이야'라고 둘러대며 도망만 다녔다.

그러다 우연히 떠난 제주 여행에서 울창한 숲을 자랑하는 곶자왈을 마주했다. 숲 해설가는 곶자왈의 '곶'은 제주어로 '바위'를 가리킨다고 알려 주었다. 다시 말해 곶자왈은 식물 한 포기 없이 메마른 바위만 있던 곳이었다. 척박하다는 말로도 부족했던 곳이 햇빛 한 줌 들어오지 못할 정도로 빽빽한 숲이 될 수 있었던 것은 역설적이게도 '죽음' 덕분이었다. 날아온 씨앗이 뿌리를 내리려다 죽고, 싹이 되려다 죽고…… 알 수 없는 숱한 죽음이 쌓여 마침내 다른 생명이 움틀 수 있는 자양분이 된 것이다.

끝내 자기 몫의 생을 움켜쥐는 방식이 마음에 오래

남았다. 그제야 알게 되었다.

삶은 평탄할 때만 앞으로 나아가는 것이 아니라는 사실을. 부딪히고 흔들리며, 때로는 멈추는 순간 속에서 비로소 다음으로 건너갈 수 있다는 것을. 평탄해야만 좋은 삶이라고 믿어 온 내 마음이 곶자왈에서 천천히 무너졌다.

이제는 도망치지 않기로 했다. 대신 마주 보고, 끝까지 자신을 속이지 않으며, 어떤 미화도 없이 날것의 나를 직면하려고 애썼다. 매일 밤 일기를 썼다. 손을 거쳐 간 종이는 내면의 거울이 되어 나의 한계와 마음, 고민, 불안 등을 만났다.

겨울은 씨앗에게 시련이 아니라 안전한 출발의 시간이라고 한다. 나의 겨울은 길었지만, 하나씩 되짚고 얼어붙은 시간을 걷어 내면서 다시 찾아온 봄에 새싹을 틔웠다. 이 책의 첫 페이지를 쓰기 시작했을 때 부끄럽지 않은 글을 쓰고 싶었다. 그러나 마지막 페이지에 이르러 깨달았다. 부끄럽지 않다는 것은 앞으로 나아갈 수 없다는 뜻임을. 내가 가장 두려운 것은 자기 연민과 좁은 사고에 갇히는 일이다. 작고 단단한 성에 갇혀 있지 않으려 배움과 탐구를 게을리하지 않아야 하며, 다양한 세상을 만나 봐야 한다.

　평생 갚아야 할 마음을 온전히 기억하기 위해, 더 나은 미래를 그리며 기도하듯 글을 썼던 밤이 어찌나 고맙던지. 오늘 밤에 쓴 이 글이 훗날 나를 어딘가로 데려다주는 상상을 한다.

　앞으로도 계속해서 쓰러지고 넘어질 테지만 많은 이가 내 땅에 심어 줬던 '용기'라는 씨앗을 마주한다면 다시 나아갈 수 있을 것이라 믿는다.

완벽보다 완결

혼들리는 삶을 촘촘하게 수놓은 빛나는 완성 일지

초판 1쇄 발행 2026년 3월 10일
초판 2쇄 발행 2026년 4월 3일

지은이 문예진

대표 장선희   **총괄** 이영철
책임편집 정시아   **기획편집** 오향림, 배인혜   **교정교열** 윤효정
디자인 이승은, 장혜미   **외주디자인** 이은돌
마케팅 장동철, 이은진, 서세원, 이정태, 김가현
경영관리 전선애

펴낸곳 서사원   **출판등록** 제2023-000199호
주소 서울시 마포구 성암로 330 DMC첨단산업센터 713호
전화 02-898-8778   **팩스** 02-6008-1673   **이메일** cr@seosawon.com

홈페이지

인스타그램

ⓒ 문예진, 2026

ISBN   979-11-6822-570-1   03810

서사원은 독자 여러분의 책에 관한 아이디어와 원고 투고를 설레는 마음으로 기다리고 있습니다.
책으로 엮기를 원하는 아이디어가 있는 분은 서사원 홈페이지의 '출간 문의'로
원고와 출간 기획서를 보내주세요. 고민을 멈추고 실행해보세요. 꿈이 이루어집니다.